Antonio Incorvaia
Alessandro Rimassa

Generation 1000 Euro

W0308851

Antonio Incorvaia
Alessandro Rimassa

Generation 1000 Euro

ROMAN

Deutsch von Claudia Franz

Goldmann Verlag

Die italienische Originalausgabe erschien 2006 unter dem Titel
»Generazione mille euro« bei Rizzoli, RCS Libri S.p.A., Milano.

FSC
Mix
Produktgruppe aus vorbildlich
bewirtschafteten Wäldern und
anderen kontrollierten Herkünften

Zert.-Nr. SGS-COC-1940
www.fsc.org
© 1996 Forest Stewardship Council

Verlagsgruppe Random House FSC-DEU-0100
Das für dieses Buch verwendete FSC-zertifizierte Papier
München Super liefert Mochenwangen Papier.

1. Auflage
Copyright © der Originalausgabe 2006
by Antonio Incorvaia und Alessandro Rimassa
Copyright © der deutschsprachigen Ausgabe 2007
by Wilhelm Goldmann Verlag, München,
in der Verlagsgruppe Random House GmbH
Satz: Buch-Werkstatt GmbH, Bad Aibling
Druck und Einband: GGP Media GmbH, Pößneck
Printed in Germany
ISBN 978-3-442-31141-5

www.goldmann-verlag.de

Scheiße!

Das ist das erste Wort, das mir heute Morgen in den Sinn kommt. Nicht nur, weil mein Mund immer noch pelzig ist von Alkohol und Zigaretten, sondern weil ich das Licht durch die Jalousien fallen sehe, weil es sich im Spiegel und an den Wänden reflektiert und somit klar ist: Ich habe den Wecker nicht gehört. Die Verspätung muss gigantisch sein.

Ich lange hinüber zur Kommode und taste nervös nach dem Handy. Da ist es. Ich wage kaum, aufs Display zu schauen: 09.48.

Noch mal Scheiße!

Drei, zwei, eins …

1

Zwei Stunden Verspätung

Straff wie beim Militär spanne ich die Bauchmuskeln an, schlage die Decke zurück, springe aus dem Bett, lasse Boxershorts und T-Shirt fallen und stürze in die Dusche. Heißes Wasser. Eiskaltes Wasser. Zähne – Mist, irgendwann muss ich mal daran denken, mir eine neue Zahnbürste zu kaufen, die hier ist hinüber –, Bart … nee, ist zum Glück nicht so wild bei mir, kann ich mir heute sparen, Deo, Rasierwasser, Jeans, Hemd, Pullover, Schuhe. Kein Frühstück.

Ich ziehe meine Jacke an und bin schon fast aus dem Haus, als ich Matteo in seinem Zimmer grunzen höre. Beneidenswert. In diesem Moment würde ich auch gerne noch mal studieren und das Leben genießen.

Während ich schnell meine Mitbewohner durchgehe (Rossella ist nicht da, Alessio ist bei der Arbeit … Idiot, wenigstens er hätte mich heute Morgen wecken können!) und wie ein Mittelstreckenläufer um die gelangweilten Passanten herum zur Bushaltestelle trabe, wobei mir die Kälte und ein leichter, durchdringender Regen zusetzen, leuchten bei mir allmählich jede Menge Fragezeichen auf: Wenn Ross nicht da ist, wem gehört dann der BH auf dem Wohnzimmersessel? Ganz bestimmt keiner Frau, die mit

Ale die Nacht verbracht hat. Seit wir zusammen wohnen, also fast zwei Jahre, hat er sich nie mit einer Frau blicken lassen. Matteo hat allerdings etwas von einer Schlittschuhläuferin erzählt, die aber zurzeit – gestern stand es in der *Gazzetta dello Sport* – in Deutschland für die Olympiade trainiert.

Nicht *mein* Bier. Heute Abend wird man ja sehen, ob jemand darauf zu sprechen kommt ... Vielleicht erweisen sich meine Mitbewohner auch als wahre Verwandlungskünstler. Bedenkt man, dass wir in einer Gegend wohnen (Viale Certosa, Mailand), wo nachts die Prostituierten defilieren und Familienväter in ihren Luxuskarossen Schlange stehen, wäre das sicher nicht allzu erstaunlich. Man muss schließlich über die Runden kommen ...

Na endlich, der Bus. Es ist einer von denen, die komplett mit Werbung zugekleistert sind – Handywerbung natürlich. Ich frage mich jedes Mal, ob das nun eine geniale Marketingidee oder der reinste Schwachsinn ist, weil zumindest ich hinter den zugeklebten Scheiben die betreffende Handymarke zu hassen beginne.

Acht Minuten, und ich bin an der Metro, dann noch dreizehn Minuten bis ins Zentrum. Vier Minuten Fußmarsch, und ich betrete das Büro. Alles in allem fünfundzwanzig Minuten. Viertel vor elf werde ich da sein, ungefähr zwei Stunden zu spät. Klasse!

Ich sehe es schon vor mir: Daniele, der in Gedanken noch bei seinem Fest von gestern Abend ist, hin und her gerissen zwischen Partyglück und der Verzweiflung, die schicksalhafte Dreißig nun erreicht zu haben. Dann Gloria am Telefon im Gespräch mit Gatte/Tochter/Babysitter. Mark natürlich, der auf vier Leitungen gleichzeitig spricht (während mindestens noch zwei Personen vor seinem Schreibtisch sitzen), ohne dass sein brillantes Englisch auch nur im Geringsten darunter leiden würde.

Schließlich Stefania, die nicht weiß, ob sie sich mehr über meine Verspätung aufregen soll oder über meinen Pullover, der … na ja … »vielleicht könntest du das nächste Mal einen anderen anziehen«.

Pause. Ich reinige meinen Geist, wie man aus einer Milchtüte den letzten Tropfen herausschüttelt.

Und wenn ich das Handy einfach ausstelle und verschwinde? Unmöglich, dafür fehlen mir sowohl der Mut als auch die Mittel. Vielleicht sogar die Lust. Und wenn ich mich nur für einen Tag verdrücke? Vierundzwanzig dunkle Stunden, in denen ich vergesse, wer ich bin, und aus der Zeit heraustrete. Das wäre wie ein Spaziergang auf dem Mond …

Ich habe nicht einmal Zeit, diese Vorstellung zu genießen, denn schon finde ich mich in die Wirklichkeit zurückkatapultiert. »MRW International, guten Tag«, ertönt es unüberhörbar aus dem Mund der Telefonistin mit dem künstlichen Lächeln, als ich die Glastür durchschreite und diese fabelhafte Welt vom Charme gehobener Spirituosenwerbung betrete, dieses große internationale Unternehmen mit Niederlassungen an allen möglichen Orten und Mitarbeitern, die allesamt Direktoren, Manager oder Generalbevollmächtigte sind. Alle, außer mir.

»So sieht es aus in der Welt der Arbeit, Schatz …«, sagt Eleonora immer (bei deren Anblick ich den Kopf verliere, der ich den Kopf aber auch noch irgendwann abreiße). »Du musst die Krallen ausfahren, wenn du es zu etwas bringen willst.«

Blöder Mist. Mir gefällt mein Job, aber die stillen Momente, die Freuden, die Banalitäten, die fantastischen Begebenheiten des Lebens gefallen mir genauso. Man lebt nicht vom beruflichen Erfolg allein. Auch nicht vom Geld allein. Obwohl einen 1028 Euro netto ohne dreizehntes Monatsgehalt schneller von jedem Vergnügen fortbringen als die Concorde, Friede ihrer Seele.

Die Fahrstuhltür hat sich noch kaum geöffnet, da sehe ich meiner Chefin Stefania in die Augen, und die erledigen mich mit der Geschwindigkeit und Präzision einer M16. Zum Glück lässt Mark ihr nicht die Zeit, auch nur den Mund zu öffnen: »Claudio, ich erwarte dich in meinem Büro.«

Marks Büro ist ausnahmsweise erstaunlich leer. Aus dem großen Fenster sieht man auf das Gewühl auf dem Corso Vittorio Emanuele hinunter: hier und da ein schwänzender Schüler, eine Gruppe japanischer Touristen, die nach der Gallerie suchen, um schließlich in der Via Montenapoleone zu verschwinden, die üblichen Typen, die Stifte, Taschen, Armbänder oder Zeitschriften verkaufen. Mein Blick richtet sich jetzt auf den Glasschreibtisch, wo ein altmodisches Messingschild wie in einem Schwarzweißfilm verkündet: »Mark Porter, Marketingdirektor«. Wer weiß, wer auf die Idee kam, diese Antiquität ausgerechnet Mark zu schenken, einem 37-jährigen Engländer, der seit vier Jahren in Mailand lebt und mit iPod, Mini Cooper, Apple-Laptop, UMTS-Videofon und tragbarem DVD-Player den Prototyp des technikabhängigen und innovationssüchtigen Yuppie verkörpert.

Wie gewöhnlich verliere ich mich in Gedanken. Mark, der ein weißes Hemd trägt, oberster Knopf offen, und ein hellgraues Jackett, setzt sich und bietet mir ebenfalls einen Platz an. Wenig später nähert sich eine Tussi, die ich noch nie gesehen habe: Sie dürfte in meinem Alter sein, trägt einen schwarzen Hosenanzug, schwarze Stiefel, eine hellrosa Bluse und eine auffällige Brosche am Kragen. Die Brosche ist überhaupt das Erste, was ich wahrnehme: Weißgold mit einem gigantischen Brillanten drauf, wer weiß, was sie dafür bezahlt hat (oder besser, wer sie ihr geschenkt hat). Kurze, rabenschwarze Haare, dunkle Augen, schmales, leicht längliches Gesicht. Wenn ich kleiner wäre, hätte ich vor einer wie der Angst; so allerdings scheint sie mir die perfekte Partnerin für eine Nacht bizarrer sexueller Genüsse zu sein.

»Claudio, alles klar? Du scheinst mir ein bisschen verwirrt«, geht Mark in die Offensive und klopft mir auf die Schulter.

»Ja, sorry. Entschuldige auch die Verspätung, der Wecker muss kaputt sein … Er hat nicht geklingelt. Soll nicht wieder vorkommen, das verspreche ich.«

»Darf ich dir Angelica Corda vorstellen«, fährt Mark einfach fort, ohne sich in Erörterungen verwickeln zu lassen, und das weckt in mir den starken Verdacht, dass er mich unter anderen Umständen gelyncht hätte. »Sie ist Senior Accountant in der Marketingabteilung unserer spanischen Niederlassung. Heute Abend fahrt ihr zusammen nach Spanien. Morgen ist in Barcelona ein wichtiges Meeting für die Lancierung von Ka-Ty auf dem europäischen Markt, und du, Claudio, wirst das Projekt präsentieren, das wir hier in Italien entwickelt haben. Angelica besucht zurzeit alle Niederlassungen von MRW, um sich ein Bild von den unterschiedlichen Unternehmensstrategien zu machen und um sicherzustellen, dass die globalen Konzepte des Unternehmens nicht mit denen auf lokaler Ebene kollidieren. Zwölf Uhr ist noch mal Meeting mit dem ganzen Verein, dann wirst du mit Stefania beim Mittagessen die Präsentation auf den neuesten Stand bringen, um achtzehn Uhr ist Aufbruch. Noch Fragen?«

»Ja, eine«, sage ich und klinge wie irgendetwas zwischen kleiner Junge und Nervensäge, »warum fährt denn nicht Stefania?«

»Weil es deine und Glorias Idee war, dass wir vor Ort präsent sein müssen. Außerdem hat Stefania eine Tochter, während du uneingeschränkt mobil bist.«

Voll cool!

Ich sollte überglücklich sein. Ich *bin* überglücklich. Weniger als ein Jahr (elfeinhalb Monate, um genau zu sein) arbeite ich jetzt hier, und schon beginnt die Reiserei. Barcelona, Europatreffen, die Sadomasoschnalle an meiner Seite ... kurz, alles einfach supercool. Außer einer Sache: MRW zahlt bei solchen Gelegenheiten den Flug und das Hotel, alles andere muss man selbst vorstrecken und bekommt es dann Wochen später zurück. Für jemanden mit verdammten 1000 Euro im Monat ist das nicht ohne. Bedenkt man, dass erst der dreiundzwanzigste ist und vor Ablauf der Woche keinerlei Aussicht auf irgendwelche Ausschüttungen besteht, ist das eine schöne Bescherung. Kommt hinzu, dass ich Matteo 100 Euro schulde (die ich ihm heute definitiv zurückzahlen wollte), und schon haben wir den Salat.

Ich verlasse Marks Büro, mir dröhnt der Kopf. An meinem Schreibtisch schalte ich den PC an. Gloria druckt gerade Pdf-Dateien für unsere Marketingetage aus.

Die Zusammenarbeit mit Angelica, die sich als tough, aber sehr herzlich erweist, entwickelt sich aufs Beste. Komischerweise auch die mit Stefania. Später erfahre ich, dass sie froh ist, nicht selbst nach Barcelona zu müssen, wo sie dem stellvertretenden Europavertriebsleiter, mit dem sie mal einen heftigen Flirt hatte (und anschließend naturgemäß einen Mordskrach), unweigerlich über den Weg laufen würde.

Als ich das Büro verlasse, ist es drei. Mir bleiben zweieinhalb Stunden, um die Zahnbürste und ein paar Sachen für die Reise zu kaufen, nach Hause zu gehen, den Koffer zu packen, ins Zentrum zurückzukehren und den Zug nach Malpensa zu nehmen. Und ich muss meine Familie benachrichtigen, dass ich ins Ausland fahre.

»Es tut uns leid, Ihnen mitteilen zu müssen, dass Ihr Guthaben aufgebraucht ist. Sie können nur noch Gespräche empfangen, bis …«

Verdammt.

Wieder Metro, wieder Bus, wieder brennen vor Angst und Eile die Sitze unter meinem Hintern. Ohne die Augen von der Uhr zu wenden, betrete ich den Supermarkt an der Endstation. Zahnbürsten, Zahnbürsten … wo verdammt sind die Zahnbürsten?

»Ganz hinten, letzter Gang rechts, bitte. Da sehen Sie die Zahnbürsten dann hängen.«

Ein freundlicher Verkäufer? Kaum zu glauben. Vielleicht hat es damit zu tun, dass ich sonst nur zum Discounter gehe oder in den Hypermarkt: In diese Luxussupermärkte – na ja, Luxus *für mich* – geh ich normalerweise gar nicht. Heute mache ich eine Ausnahme, mir bleibt keine Wahl.

»Was? 4 Euro 50 für eine Zahnbürste?«

Mein Gedanke macht sich in einem Satz Luft, und eine Dame neben mir – klassische falsche Blondine, so scannt sie mein Hirn innerhalb von drei Sekunden – ist im Nu mit von der Partie: »Der Euro ruiniert uns, das können Sie laut sagen ..., er ruiniert uns.«

Schon gut, stimmt ja. Bei den Preisen im Discounter kaufe ich immer gleich zwei Zahnbürsten, und es bleibt trotzdem etwas übrig, aber es liegt bestimmt nicht am Euro, dass die Supermärkte das Doppelte für eine Zahnbürste verlangen. Außerdem habe ich gerade weder Zeit noch Lust, mich in die übliche Endlosdiskussion über den Euro, die räuberische Regierung und die betrügerischen Geschäftsleute zu stürzen. Nein, heute ausnahmsweise mal nicht.

Die Szene wiederholt sich verlässlich vor dem Duschgel und der Rasiercreme, auch wenn ich mir die soundsovielte Alte diesmal vom Hals zu halten versuche und mir lieber auf die Zunge beiße.

Ich eile zur Kasse und will dort auch mein Handy neu bestücken lassen.

»Wir haben nur Karten für 25 und für 50 Euro, ist das okay?«

»Ja. Geben Sie mir ruhig die für 25 ...« Mit der Karte zu 10 Euro würde ich in Spanien sowieso nicht über ein »Hallo« hinauskommen.

Macht insgesamt 35 Euro und 45 Cent.

Auf die große Plastiktüte verzichte ich, eine Zahnbürste, ein Duschgel und eine Rasiercreme passen locker in den Rucksack.

Wie der Blitz renne ich nach Hause und schaue mindestens alle dreißig Sekunden auf die Uhr. Nur Matteo ist da. Nicht schlecht, der Nachmittag ist halb vorbei, und er schleicht, lediglich mit einem Handtuch bekleidet, durch die Gegend und verbreitet das Wohlgefühl von jemandem, der gerade frisch geduscht hat.

Der BH von heute Morgen liegt immer noch gut sichtbar auf dem Sessel. Im Flüsterton versuche ich, aus Matteo herauszubekommen, ob die Tussi noch da ist.

»Tussi? Welche Tussi denn? Ich habe alleine geschlafen …«, empört er sich, als wolle er sich gegen jedwede Anklage verteidigen.

»Entschuldige … und von wem ist dann der da?«, frage ich im selben Tonfall zurück und zeige auf den Büstenhalter.

»Oh verdammt!« Er hatte ihn gar nicht bemerkt. »Meinst du, Alessio hat sich eine schöne Nacht gemacht?«

Nein, eher nicht. Das ist unmöglich, Matteo fantasiert sich was zurecht.

»Teo, red keinen Unsinn. Du lebst jetzt seit drei Monaten hier, und auch ich habe Alessio noch nie mit einer Frau gesehen. Und sollte es eine geben, geht sie sicher nicht so zur Sache und trägt auch keine Marken-BHs aus edler Spitze.«

So wahnsinnig gern ich die Krimitante spiele: Die Zeit wird knapp. Ich hole den Trolley, den mir meine Mutter vor drei Jahren geschenkt hat, stopfe rein, was man für zwei Nächte so braucht, und schließe ihn mit Mühe.

»Hör mal, ich bin zwei Tage weg, ich muss beruflich nach Barcelona. Wir sehen uns Freitag«, rufe ich Matteo durch seine halb geöffnete Zimmertür zu. Er springt vom Bett, reißt die Tür auf und verliert sein Handtuch.

»Barcelona. Grandios! Geh ins Terrazza, das ist ’ne coole Disco, wo … na, ich sag lieber nichts. Geh hin und erzähl mir dann, wie es dir gefallen hat!«

Bringt gar nichts, ihm zu erklären, dass ich nicht eine freie Minute haben werde und auch nicht mit Rucksack, Schlafsack, zwei Freunden und zehn Gramm Haschisch aufbreche. Ich sage Ciao und denke, dass er zum Glück nicht nach den 100 Euro gefragt hat. Im Portemonnaie – das stelle ich fest, während ich nun zum zweiten Mal an diesem Tag über drei Stockwerke die Treppen zur Haustür hinunterflitze – sind genau 164 Euro. Damit muss ich bis zum Monatsende auskommen und außerdem hoffen, dass mir Teo die Schulden noch bis zur nächsten Gehaltszahlung erlässt. Aber das dürfte kein Problem sein, denn ich bin es gewöhnt, mich durchzuschlagen und bis zum letzten Cent hauszuhalten, um nicht das bisschen Reserve auf meinem Konto angreifen zu müssen. Obwohl sich das eines Tages sowieso von selbst erledigen wird, bei all den Anschaffungen und den Rechnungen, die unweigerlich alle drei Monate auf mich zukommen.

Ich besteige den Bus Richtung Piazza Cadorna. Wie immer zur Stoßzeit ist er vollkommen überfüllt, aber jetzt gelten verschärfte Bedingungen. Ich verschanze mich hinter meinem Trolley und verschaffe mir zehn Quadratzentimeter Platz.

Wetten, dass Angelica schon auf mich wartet. Wieso bin ich plötzlich so nervös? Wir werden in den Expresszubringer nach Malpensa steigen und zum Flughafen fahren, nichts einfacher als das. Als ich merke, dass mich die Angst vor der ganzen Sache zu übermannen droht, schreibe ich eine SMS an Mama: *ciao, fahre nach bar-*

celona wg arbeit, komme fr nachm zurück, schicke sms nach landung in spanien. grüß papa, 1000 küsse.

Meine Mutter heißt Luisa, ist sechsundsechzig Jahre alt und weiß seit dreien, wie man eine SMS schreibt. Ich habe sie praktisch dazu gezwungen, denn Internet versteht sie überhaupt nicht, und sie anzurufen kostet mich einen Haufen Geld. Jetzt schreibt sie nur: *sei vorsichtig und zieh dich warm an, mama.* Sie unterschreibt ihre SMS immer, denn sie hat noch nicht begriffen, dass man an der Nummer den Absender erkennt.

Ich schaue auf und erblicke die riesige Nadel-und-Garn-Skulptur der Piazza Cadorna. Die eine Hälfte der Mailänder läuft stolz durch sie hindurch, die andere Hälfte schämt sich. Gott sei Dank bin ich pünktlich.

Angelica ist schon da.

»Ciao, Claudio, alles klar? Ich habe eine Bitte, könntest du das Ticket nach Malpensa für mich mitbezahlen? Der Geldautomat funktioniert nicht«, fragt sie im Tonfall dessen, der für gewöhnlich Befehle erteilt.

Ich gehorche. 26 Euro. Hoffentlich hat sie wenigstens so viel Anstand, es irgendwann zurückzuzahlen.

»Ach, schreib es doch einfach auf deine Spesenrechnung …«, fügt sie lächelnd hinzu.

Klar, natürlich.

Jeden anderen hätte an meiner Stelle der Schlag getroffen. Mir dagegen ist mittlerweile eine dicke Haut gewachsen. Drei Jahre an der Uni, drei weitere Jahre Aufbaustudium (eines als Langzeitstudent), in denen ich gekellnert, Obstkisten geschleppt und Zeug verkauft habe, um ein paar Mäuse zusammenzukriegen. Beim Praktikum zwischendurch habe ich mich mit 300 Euro durchgeschlagen und elf Stunden am Tag gearbeitet. Gleich nach dem Abschluss kam die erste Anstellung in der Marketingabteilung einer kleinen Firma: 800 Euro schwarz, ein Jahr lang. Dann die »große Gelegenheit« (so sagt man doch?): »Willkommen bei MRW International!«, empfing mich Mark. Er streckte mir die Hand entgegen und schaute mir tief in die Augen, es war wie in einem dieser amerikanischen Filme, wo sie dir erst schöntun und dich dann auf Teufel komm raus bescheißen. Fehlten nur noch das Sternenbanner, ein ordenbehängter General und Streicherklänge aus dem Off, und die Szene wäre perfekt gewesen.

Im Prinzip kann ich mich aber nicht beklagen, letztlich ist es mir in diesem Jahr gut ergangen. Das Gehalt ist sicher nicht optimal, aber mit ein bisschen Opferbereitschaft und kleinen Zaubertricks schaffe ich es stets bis ans Monatsende. Die Arbeit gefällt mir (auch wenn Stefania eine ausgemachte Idiotin ist und der Titel »Junior Accountant« nicht gerade zu großem Stolz berechtigt, wenn man bereits siebenundzwanzig ist), und mein sonstiges Leben beschert mir Freunde, ein aktives Nachtleben, Schweißbäder im Fitnessstudio und … na ja, die große Liebe noch nicht. Eleonora ist es und ist es nicht, ich laufe ihr hinterher und schlage ihr im nächsten Moment die Tür vor der Nase zu, die eine Woche hören wir zehn Mal täglich voneinander, die Woche darauf ist Funkstille. Kurz, wir sind wie Hund und Katze, schwer abzuschätzen, ob sich unsere »Geschichte« irgendwann mal in Richtung *Love Boat* entwickeln wird.

Ich schlucke. Wir sind noch nicht in den Zug gestiegen, und ich habe die Reise (mental) schon hinter mir. Einfache Fahrt, wie immer.

Der Zug Cadorna-Malpensa ist fast voll. Ich hätte nicht gedacht, dass auch in der Woche solche Massen unterwegs sind. Um zwei freie Plätze zu finden, schieben Angelica und ich uns durch vier Waggons, ein einziges »Entschuldigung« hier und »Darf ich mal bitte« dort.

Ich deponiere Angelicas Koffer auf der Ablage – »Dank dir, du bist ein Schatz!« –, dann meinen eigenen, dann setzen wir uns und schauen uns ein paar Sekunden lang in die Augen. Keiner weiß, wie er jetzt ein Gespräch anknüpfen soll.

Glücklicherweise ergreift Angelica die Initiative: »Wie kommst du mit Mark zurecht?«, fragt sie mich hintergründig und lässt durchscheinen, dass ihr Verhältnis zu ihm durchaus auf wechselseitiger Sympathie beruht.

»Ganz gut …«, belasse ich es bei einer diplomatischen Antwort.

»Ja, der Typ hat was drauf. Und er hat mir nur Gutes über dich erzählt …«, vertraut sie mir an, ohne sich zu einem weiteren Kommentar hinreißen zu lassen.

»Ach, tatsächlich? Das freut mich«, gebe ich zurück, bin aber unsicher, ob sie das ernst meint oder mich nur mit Höflichkeiten bei Laune halten will. Ich hoffe nur, dass sie nicht während der ganzen Fahrt über die Arbeit redet, das ertrage ich nicht.

»Er sagt, du seist so zuverlässig und kreativ.«

Ich lächele und nicke. Mark hält mich wirklich für »zuverlässig und kreativ«? Könnte er mir ja mal sagen, oder? Statt es irgendjemandem zu erzählen, den ich nicht einmal kenne. Oder er könnte es sich öfter mal anmerken lassen. Nicht dass ich je den geringsten Zweifel gehabt hätte, aber ab und zu ist es gut fürs Selbstbewusstsein, wenn man *weiß,* dass jemand einen schätzt. »Du wirst sehen, Ka-Ty wird auf der ganzen Welt erfolgreich sein!«

»Ja, das denke ich auch …, mir liegt wirklich viel an diesem Projekt …«, relativiere ich meine Zuversicht, um nicht zu anmaßend zu wirken.

»Aber sicher doch, es ist eine Bombe, eine echte Innovation! Wir in Spanien waren sofort begeistert, und ich gehe davon aus, dass wir einiges investieren werden. Übrigens, wir sitzen direkt an der Sagrada Familia. Es wird dir dort bestimmt gut gefallen!«

»Da bin ich mir sicher. Ich habe ein Faible für Spanien und für die Spanier. Ihr seid immer so herzlich und gastfreundlich!«, warte ich mit einem absoluten Gemeinplatz auf, um das Thema zu wechseln. Erfolglos.

»Ich arbeite seit ungefähr drei Jahren bei MRW. Du bist ein Jahr dabei, Claudio, nicht wahr?«

»Ja genau …, fast ein Jahr«, fertige ich die Sache ab.

Ich werfe einen Blick aus dem Fenster und versuche herauszufinden, wie lange es noch bis Malpensa dauert. Bin ich hier in einer Besprechung, oder was? Wir sind beide jung, verdammt, da kann man doch auch über etwas anderes reden.

»Sag, was interessiert dich so, wenn du gerade mal nicht arbeitest?«, überfalle ich sie.

Schweigen.

Angelica senkt den Kopf und wird rot. Ich senke den Kopf und werde auch rot. Wieder schaue ich aus dem Fenster und suche nach einer Entschuldigung, aber ihre Antwort rettet mich aus der Verlegenheit.

»Endlich fragt mal einer! Ich wollte nicht den Eindruck erwecken, als wäre ich die klassische Karrierefrau, die nur über die Arbeit redet ... Sorry. Es passiert halt nie, dass sich jemand für irgendetwas anderes interessiert ...«

Sie holt Luft, dann geht es los: »Ehrlich, sonst fragt nie jemand nach solchen Dingen, meine Hobbys, was ich nach der Arbeit mache. Ich reise viel, ich treffe viele Leute und schaffe es nicht, jemanden kennenzulernen, der nicht nach einer Stunde schon wieder auf Nimmerwiedersehen verschwunden ist. Ich weiß, dass ich viele Leute verschrecke, weil ich so durch und durch professionell wirke, aber das täuscht. Glaub mir, ich bin eine ganz normale Frau.«

Verflixt! Wenn sie über die Arbeit reden würde, wär wohl doch besser. Fehlt nur noch, dass sie mir erzählt, wann sie zum letzten Mal ihre Tage hatte ...

»Und du? Wer bist du, wenn du nicht im Büro bist und mal nicht mit einem schlaffen Krawattenknoten herumläufst?«

Ich würde ihr gerne erzählen, dass ich aus der Nähe von Salsomaggiore komme (»Sag bloß! Da wo die Miss Italia ...«), dass ich dort zur Schule gegangen bin und in Mailand studiert habe. Ich würde ihr erzählen, dass ich mit drei anderen zusammen in einer WG wohne, dass ich Fußball liebe und Fitness und Frauen, *eine* Frau vor allem – Eleonora –, und Alkoholorgien, dass ich aber auch ernsthaft und konsequent sein kann. Ich würde ihr auch erzählen, wie schwierig es ist, mit 1000 Euro im Monat auszukommen (»Oh, das kann ich mir vorstellen ...« – »Nichts kannst du, verdammt, du bekommst doch bestimmt das Vierfache!«), würde ihr von meinen beruflichen und vor allem von meinen privaten Plänen erzählen: ein unbeschwertes Leben führen zu können. Ich würde ihr erzählen, wie oft ich mich in Fantasien verliere, wie sehr die Städte einem den Lebensnerv abklemmen, wie ich mir die Welt erträume, wie ich täglich hadere mit Regen, Sonne, Wind, wieder Regen, wieder Sonne, dann Nebel, und mit diesem verdammten Himmel über Mailand, der nie blau wird. Aber es bleibt keine Zeit, denn wir erreichen den Flughafen. Vielleicht ist es auch sinnlos, sich vor jemandem zu outen, den man gerade drei Stunden kennt. Außerdem will ich nicht wie einer daherkommen, der sich in filmreifen Phrasen ergeht, nur um weniger langweilig zu wirken.

Glücklicherweise (oder unglücklicherweise) befreit mich das Handy von jeder Grübelei. Eine SMS von Ely: *bleibt es bei unserem romantischen abend heute, schatz?*

Ich halte die Luft an: Ich habe doch glatt vergessen, sie anzurufen.

Sie wird es nicht gut aufnehmen. Eleonora gehört zu den Menschen, die, wenn sie rufen, nur ein bedingungsloses Ja hören wollen. Schlechte Karten für mich.

2

Wir vier

»Na, zurück …, wie war's denn?«

Es ist Matteo. Kaum habe ich die Tür geöffnet, sehe ich ihn daliegen. Er lümmelt auf dem Sofa herum, eingehüllt ins blaue Licht des Fernsehers, der Blick verliert sich in der Ferne. Tank Top, abgerissene Jeans, ein Bier in der einen Hand, die Fernbedienung in der anderen. So sieht die Jugend des neuen Millenniums aus. Nicht ausgeschlossen, dass das, was sich da vor ihm auf dem Tisch verteilt, nicht Popcornbrocken, sondern seine Neuronen sind.

Merkwürdig, dass er einmal am Abend zu Hause ist.

»Ach, nicht weiter aufregend. Arbeit, Routine … Bist du etwa allein?«

Ich schleife den Trolley und meine Beine den Flur entlang und verziehe mich ins Bad, um mir das Gesicht zu waschen. Eigentlich müsste ich duschen, denn auf meinem Körper haben sich wie bei einem Kalkfelsen schichtweise die miefenden Ablagerungen aus Flugzeug, Metropole und Bus abgesetzt. Zuerst aber brauche ich etwas zwischen die Zähne. Seit dem Frühstück heute Morgen habe ich nichts gegessen: Erst die *tour de force* der Meetings an verschiedenen Standorten in Barcelona, nicht einmal zehn Minuten Zeit für einen kleinen Snack, dann ins Taxi und zur Stoßzeit zum Flughafen, immer in der Angst, den Flieger zu verpassen, schließlich die unappetitlichen Preise in der Passagierlounge. Klar »bezahlt die Firma«, wie Angelica immer sagte und ungeniert alle Arten von Cremes und Tiegelchen, Make-up und Wimperntusche inspizierte. Aber dieses »bezahlt die Firma« bedeutet ja in Wirklichkeit, »du bezahlst, die Firma erstattet«, und deshalb brachte ich es nicht über mich, 9 Euro für ein Brötchen und eine Cola auszugeben. Bei diesen Preisen gehen die Spesen für einen ganzen Tag drauf.

»Sprich, ich höre!«, rufe ich Matteo zu, während das Wasser läuft. Stimmt zwar nicht, dass ich etwas höre, aber ich möchte ihn aus seiner Lethargie wachrütteln. Auf Leute, die sich langweilen, kann ich gut verzichten.

»Dein Freund Alessio ist im Theater, mit diesen Typen von CL, Rossella ist babysitten, wo, hab ich nicht ganz mitgekriegt ...«

Ich drehe den Wasserhahn zu.

»Was hast du gesagt? Rossella ist babysitten?«

Vielleicht liegt es an meiner Müdigkeit, aber diese im Prinzip nicht so außergewöhnliche Nachricht überrascht mich. Ich bin kaum zwei Tage fort, und schon gibt es Neuigkeiten, von denen ich vorher nichts wusste. Sie hätte mir wenigstens eine SMS schicken können, für nur 1 Cent, wir haben schließlich einen Spezialtarif, den zu aktivieren uns 8 Euro gekostet hat, und genutzt wird er praktisch nie.

Rossella als Babysitterin? Das kann ich mir kaum vorstellen: »Komm hierher, mein kleines pummeliges Mamasöhnchen ... Jaa, guut, iss nur dieses ekelige Zeug, dann darfst du ganz lange mit Tante Ross aufbleiben und dir die schöne Marilyn-Manson-DVD anschauen, und wehe, wenn du es wagst, den Mund aufzumachen, und sei es nur für ein Bäuerchen!«

Wer weiß, vielleicht kann sie es sogar besser als so viele Mütter, zumindest besser als solche, die ihre Kinder ohne jede Not ständig bei einem Babysitter abladen.

»Ja, sie haben heute Morgen angerufen. Ich war dran, aber mehr weiß ich auch nicht.«

»Hat sie wenigstens gesagt, wann sie zurückkommt?«

Ich will auf sein, wenn sie zurückkommt, zumal ich morgen einen Tag freihabe, zur Erholung. Diese Babysittergeschichte lässt mir keine Ruhe, und sie möchte vielleicht wissen, wie es in Spanien war.

»Keine Ahnung. Als sie gegangen ist, war ich weg, und sie hat keinen Zettel hinterlassen.«

Matteo scheint eher mit dem Fernseher zu sprechen als mit mir. Nicht für drei Sekunden hat er den Blick vom Bildschirm gewandt. Ich könnte ihm die Haare mit einer Motorsäge schneiden, und er würde es wahrscheinlich nicht merken.

Ich gehe in die Küche. Der Kühlschrank ist leer. Leck mich, das gibt's doch nicht: Es ist zehn Uhr abends, ich komme aus Barcelona, und der Kühlschrank ist leer.

»Sag mal, Teo, ist nichts Essbares mehr da?«

»Glaub nicht. Da war nur noch eine Tüte Reis, und die habe ich vor einer halben Stunde gegessen. Ich musste mit Fra und Giulia ausgehen, das hat meine Pläne komplett durcheinandergebracht. Tut mir leid.«

»Mach dir keine Sorgen. Tut mir eher leid für dich: Seit wir hier zusammenwohnen, kann ich mich nicht erinnern, dass du mal an einem Freitagabend nicht rausmusstest. Irgendwelches Obst?«

»Vielleicht ein paar Äpfel. Auf dem Balkon.«

Von »vielleicht ein paar Äpfeln« werde ich nicht satt. Ich sollte mir einfach Nudeln mit Öl machen oder rausgehen. McDonald's ist nur eine Straßenbahnstation weiter. Da mache ich einen schönen Spaziergang und schlage gleichzeitig die Zeit bis zu Rossellas Rückkehr tot.

»Ich geh zu Mac. Und du?«

Ich lasse in meiner Frage ein höfliches Angebot mitschwingen: Wenn du magst, komm mit, aber fühl dich nicht verpflichtet. Matteo scheint das nicht zu erreichen. Vermutlich ist er ausschließlich mit der Frage beschäftigt, wie er den Samstag organisieren soll, um nicht wieder etwas zu verpassen.

»Aber klar doch, ich komme mit. Im Fernsehen gibt's ja doch nur Mist …«

Wenn es nach mir ginge, würde ich mein Leben in Mailand auf die Nächte beschränken. Und zwar nicht wegen der *locations* aus den Magazinen und wegen dieser künstlich aufgekratzten Stimmung, die so viele Metropolen *trendy* sein lässt, sondern weil mir die Stadt nachts eher zu gehören scheint. Die Geräusche verlieren sich, der Krach verschwindet, die Leute werden mit einem Schlag menschlicher, weniger mechanisch, und lassen das Beste und das Schlechteste aus sich heraus. Aufstrebende Manager drängeln sich nach dem Besuch einer Hure vor den Spanferkelbuden, Mädels, die sich einen ganzen langen Bürotag über bedeckt gehalten haben, laufen einem in der Diskothek plötzlich nach, die Straßen scheinen irgendwohin zu führen, denn nun sieht man auch, wo sie anfangen und wo sie aufhören. Und dann diese frische, fast schneidende Luft, die einen eher wach hält als dieser leicht klebrige Nebel morgens um zehn.

Ich liebe es, nachts in Mailand herumzulaufen.

»Also, bist du nun gestern Abend in der Disco gewesen?«

Mich überrascht, dass Matteo das Gespräch beginnt. Mich überrascht nicht, dass ihn von allem, was ich auf der Fahrt erlebt habe, in erster Linie interessiert, ob ich in der Disco war.

»Was? Ach so, nein ... Nein, war ich nicht. Ich und Angelica waren zu müde von der Fahrt und von den Meetings, Meetings und noch mal Meetings. Um halb zehn war ich im Hotel und bin schlafen gegangen.«

»Täusche ich mich, oder wirst du langsam spießig? Du klingst wie einer dieser armseligen Büroangestellten aus den amerikanischen Fernsehfilmen.«

Schwachsinn. Am liebsten würde ich ihm erklären, dass es viel spießiger ist, keine Party und keine Happy Hour verpassen zu wollen und sich damit für den Rest der Zeit ans Haus zu fesseln, als wenn man sich die Disco in Barcelona (30 Euro) verkneift, weil das Budget sie nur nach drei Tagen Nudeln mit Öl erlaubt.

Ich beherrsche mich.

»Ich will nur sagen, dass ich lieber mit dir hingehe, falls wir es mal zusammen nach Spanien schaffen, okay?«

»Zufällig bin ich gerade dabei, einen Wochenendtrip zu organisieren. Giulia und zwei ihrer Freundinnen kommen mit. Warum schließt du dich nicht einfach an?«

Mir scheint, dass in seiner Frage ein höfliches Angebot

mitschwingt: Wenn du magst, komm mit, aber fühl dich nicht verpflichtet (sollte ich dir etwas pumpen müssen zum Beispiel).

Schon klar, dass Matteo mich für den klassischen Hungerleider hält, und er verpasst keine Gelegenheit, mir das unter die Nase zu reiben. Er nennt es vornehm »meine Verspießerung«, aber ich rege mich gar nicht mehr darüber auf. Er will mich ja nicht kränken (eine derartige geistige Anstrengung wäre der reinste Kaltstart), sondern wir sind nur einfach so verschieden, dass es ihm vollkommen natürlich vorkommt. Wenn allerdings seine Eltern nicht wären, die mit ihrem Geld sogar ihre Pflanzen düngen, könnte er sich nicht einmal eine Unterhose kaufen. Nicht nur das Wörtchen »sparen« ist ein Fremdwort für ihn, sondern auch die Wörter »arbeiten« und »verdienen«.

»Superidee. Ich denk darüber nach und geb dir dann Bescheid.«

Wenn er sich je in seinem Leben ernsthaft mit jemandem verständigt hätte, müsste ihm sofort klar sein, dass »Ich geb dir Bescheid« so viel heißt wie »Vergiss es«. Stattdessen leuchten seine Augen vor naiver Selbstzufriedenheit, er verbucht schon den Triumph, mich endlich einmal überzeugt zu haben. Fast beglückwünsche ich mich dazu, ein Lächeln aus ihm hervorgelockt zu haben. Und wer weiß, vielleicht denk ich tatsächlich darüber nach. Im Prinzip sind wir zwar verschieden, ergänzen uns aber auch; er verkörpert meine gelassenere Seite, die weniger komplexe und unproblematische. So merkwürdig das klingen mag: Ich streite mich gerne mit ihm, weil er mir geistesabwesend zuhört und nicht einen Mucks sagt. Als Punchingball ist er großartig.

»Was nimmst du?«

Ich war so in Gedanken, dass ich gar nicht gemerkt habe, dass wir bei McDonald's angekommen sind.

»Bei meinem Loch im Magen nehme ich sogar ...«

Matteo hat die Frage offensichtlich nur der Form halber gestellt, denn bevor ich mein »... Papierservietten mit Ketchup« beenden kann, hat er schon bestellt.

Wie nicht anders zu erwarten, hat er die niedliche Bedienung angesteuert. Sie ist höchstens zwanzig und scheint einem japanischen Manga entstiegen: auberginefarbene Haare mit bläulich metallischen Glanzeffekten (ich weiß nicht, ob man für so etwas irgendwelche chemischen Mittelchen kriegen kann), riesige Augen hinter einer transparenten Schmetterlingsbrille mit reflektierenden Rallyebügeln und, fast mondän, aufeinander abgestimmter Glitzerlippenstift und Glitzernagellack. Stünde sie nicht direkt vor mir, würde ich sie für eine dieser ultrakitschigen Roboterpuppen halten, die in den Achtzigern modern waren.

»Für mich das Menü Orientale mit Frühlingsrollen und einem Dragon Shake.«

Junge, Junge, nicht gerade Aufbaukost für einen Fitnessfreak. Er macht ganz klar einen auf Schleimscheißer und bestellt das Nächstbeste, das ihm von einer Werbetafel ins Auge springt.

Ich dagegen werfe einen Blick auf die Preistafel, die zu drei Vierteln vom McMenü Orientale dominiert wird, und wende mich an die Mangabedienung. Ganz sicher hat sich die Marketingabteilung diese Verkleidung anlässlich ihrer derzeitigen Werbeaktion ausgedacht. Vielleicht sollten wir uns, um Ka-Ty zu lancieren, ein Beispiel daran nehmen und unsere Promoter in Kostüme stecken, die mehr oder weniger auf das Produkt zugeschnitten sind.

»Hallo, möchten Sie auch etwas bestellen?«

»Ja, gern, ich brauche nur noch einen Moment.«

Und siehe da, es ist die hinterletzte Bedienung, die da jetzt vor mir steht. Ebenfalls einem Manga entstiegen, aber das Hinterletzte. Klein, strohige Haare, leichter Bartflaum und null Charme. Während Teo immer noch nachdenkt, was er sonst noch essen könnte, um seine Bedienung nicht von der Angel zu lassen, sieht mich meine an, als hätte sie noch den Geruch von den ungerupften McChicken in der Nase. Ihr Tonfall allerdings ist flötend. Offenbar will sie mir etwas verkaufen, um meinem Magen Gutes zu tun, und nicht, um ein Geschäft zu machen.

Das Problem ist, dass ich bereits von den Reserven lebe und mich noch zu viele Tage vom Monatsende trennen. Ein Toast und eine Orangenlimo sollten es tun, zumal ich weiß, dass Matteo immer nur die Hälfte von seinem Zeug isst und mich dann bittet, den Rest zu übernehmen.

»Ein Toast und eine Fanta, bitte.«

Die Bedienung hämmert die Bestellung in die Tasten, als hätte sie einen Bleifinger.

»Ein Toast und eine Fanta … Das ist alles?«

Entschuldige, denke ich, dass ich nur 2 Euro 60 ausgebe, aber mit deinem Gesicht könntest du mir Kaviar und Champagner anbieten, und ich würde dankend ablehnen. Ich zwinge mich, freundlich zu bleiben. Schließlich spult sie ja nur ihre Sprüche ab und kann nicht wissen, dass ein doppelter Cheeseburger mein Budget sprengen würde.

»Das ist alles, danke.«

Ich versuche, Matteo zu signalisieren, dass wir uns, wenn er nicht direkt an der Kasse essen will, auch setzen könnten.

Komisch, dass meine Mutter nichts von sich hören lässt. Schließlich weiß sie, wann ich in Mailand gelandet bin. Ich hatte ihr vom Flughafen in Barcelona eine SMS geschickt, kurz vor dem Start: *karte leer, fliege jetzt los, schalte handy ab. ruf mich an gegen zehn. kuss.*

Ich schaue aufs Handy.

Idiot. Ich habe es gar nicht wieder angeschaltet, seit ich den Flughafen verlassen habe. Binnen zehn Sekunden erscheint eine Nachricht. Noch eine. Noch eine.

Mama – hab um 21.57 angerufen …

Papa – hab um 22.00 angerufen …

Häusliche Szenen spielen sich vor meinem geistigen Auge ab: »Oh, Papa Saverio, Claudio geht nicht ran … Was ist bloß passiert? Ich sag ihm ja immer, er soll nicht fliegen, heutzutage kommen doch ständig Maschinen runter!«

»Luisa, beruhige dich! Reg dich bloß nicht auf, du machst mich nur nervös. Jetzt versuche ich es mal …«

Mein Vater ist der klassische Herr des Hauses, einer dieser soliden Macher, die jede erdenkliche Situation im Griff haben. Selbst wenn ein Handy ausgeschaltet ist.

Letzte SMS: *bist du schon in mailand? komme halb elf, warte auf mich! ross.*

Ich drehe mich zu der großen roten McDonald's-Uhr um. Mist, es ist schon halb elf! Wäre besser, wenn sie gleich hierherkommt.

ich und teo sind bei mac an der certosa. kommst du, oder wartest du in der wanne auf mich?

Ich ziehe Rossella gerne auf, sie weiß, dass es immer

ein Spiel bleibt und sich nie unnötige Verwicklungen oder Missverständnisse daraus ergeben. Während ich auf ihre Antwort warte, esse ich schnell den Rest von meinem Toast auf und rufe meine Mutter an. Glücklicherweise sind noch ein paar Cent auf der Karte. Matteo hat sich wieder in Richtung Bedienung aufgemacht, und wie zu erwarten, hat er weder Pommes noch Frühlingsrollen noch dieses komische Eis angerührt.

»Claudio, mein Sohn! Wo bist du? Was ist passiert?«

Die Stimme meiner Mutter ähnelt verdächtig der jener Leute, die beim Fernsehquiz 50 000 Euro gewinnen, aber eigentlich 500 000 wollen: voll auf Touren, aber im Leerlauf.

»Nichts, Mama, alles in Ordnung, mach dir keine Sorgen. Ich hatte bloß vergessen, mein Handy wieder anzuschalten. Ich bin gerade erst nach Hause gekommen. Papa?«

»Der ist auch hier und gibt mir Zeichen, dass ich dich grüßen soll. Himmel, hast du uns einen Schrecken eingejagt.«

»*Du* hast mir einen Schrecken eingejagt! Nicht er«, höre ich meinen Vater im Hintergrund sagen und muss lachen. Alles hat sich offenbar genauso abgespielt, wie ich mir das vorgestellt habe.

»Komm, Mama. Wenn mir etwas passiert wäre, hättest du schon in den Nachrichten davon gehört. Mach dir einen Kamillentee und geh schlafen. Ich erzähl dir morgen früh alles, meine Karte ist nämlich fast leer.«

»Das ist nett von dir, mein Schatz. Jetzt ruh dich aus, du musst doch müde sein. Mach nicht bis drei durch wie sonst ...«

»Ich mach bestimmt nicht bis drei durch, Mama. Das musst du mir nicht extra sagen, ich breche vor Müdigkeit fast zusammen. Wir hören morgen voneinander. Ciao.«

Gott sei Dank wurde die Leitung nicht unterbrochen. Bevor ich wieder Geld bekomme, ist an eine neue Karte gar nicht zu denken. Ein paar Euro habe ich noch auf Skype, aber das muss für eine ganze Woche reichen.

Ross hat auf meine SMS nicht geantwortet. Wahrscheinlich hockt sie in der Metro und wird dann grob gerechnet nicht vor elf zu Hause sein. Zeit genug also, Matteos Tablett noch zu plündern. Es sei denn, ihr Handy ist zufälligerweise auch leer.

»Hola, chico! Como estas?«

Die Stimme erkenne ich sofort. Es ist Rossella. Ich drehe mich um und umarme sie, als hätte ich sie wochenlang nicht gesehen.

»Hast du nicht mal gesagt, mit McDonald's könne man dich jagen, das Essen sei ekelhaft und die Preise zum Kotzen? Muss ich davon ausgehen, dass sich nach zwei Tagen Paella Entzugserscheinungen bemerkbar machen?«

Na immerhin, zwei Stunden Babysitting haben sie nicht umgekrempelt. Sie ist immer noch der Bulldozer, den ich so mag, und ihr Lächeln steckt alle Zahnpastareklamen zusammen in die Tasche. Sie könnte egal was zu mir sagen; wenn sie lacht, nehme ich es als Kompliment. Ich verstehe nicht, warum sie keinen Heiratsanwärter findet, sie ist schön, geistreich, eine echte Persönlichkeit, sie ist ernsthaft, sie weiß, was sie will, und würde ihre Überzeugungen mit allen Kräften verteidigen. Viele finden, dass sie etwas von einem Spaten hat oder von einem Lastwagenfahrer, dass sie gar keine richtige Frau ist, und sie befürchten, aus dem Tritt zu geraten, wenn sie mit ihr Schritt halten müssten. Viele glauben, dass sie lesbisch ist, sich das aber nicht eingestehen will. Wie auch immer. Dass sie solo ist, halte ich für pure Verschwendung.

Während ich noch meine Gedanken zu sortieren versuche, grüßt Teo Rossella mit einem knappen Nicken und fragt: »Isst du etwas mit uns?«

»Nein danke, ich habe bei den Leuten gegessen, bei denen ich auf das Kind aufgepasst habe. Ach so, du weißt das ja noch gar nicht«, fügt sie in meine Richtung hinzu. »Also gut, ich nehme einen Milchshake und erzähle dir alles.«

Wir verlassen den Mac fünf Sekunden, bevor sie uns drinnen einschließen können. Matteo war ohnehin nur geblieben, bis die Bedienung Schluss hatte, dann hatte er uns mit einem Nicken bedeutet, schon mal nach Hause zu gehen, er komme später nach. Ich und Rossella dagegen hatten uns festgequatscht, als wäre es drei Uhr nachmittags, und vollkommen die Uhrzeit aus dem Blick verloren. Jetzt ist Mitternacht vorbei, und ich breche vor Müdigkeit zusammen.

»Und du willst Montag wirklich nach einer Beförderung fragen?«

»Was meinst denn du?«

»Ich denke, dass du erst mal das Terrain sondieren solltest. Ich verstehe nicht viel davon, aber meine Schwester studiert Psychologie, und dort trichtern sie ihr ständig ein, wie man sich bei der Arbeit verhalten soll. Wenn du um eine Beförderung bittest, der Chef sie dir aber nicht geben will, bist du von dem Moment an als Raffgeier abgestempelt, und die Schleimscheißer ziehen an dir vorbei.«

»Und wenn ich nicht frage?«

»Na ja, nur Geduld, stell dir einfach vor, dass sie irgendwann ganz spontan mit einem Angebot rausrücken. In der Zwischenzeit kannst du Beziehungen pflegen. Du weißt ja, wie ich die Sache sehe: Meiner Meinung nach hat die Hälfte der Leute, die Karriere machen, nicht mal das Zeug zur Aushilfe im Callcenter!«

Sie hat nicht ganz unrecht.

Außerdem hat mir dieser Barcelonatrip einen Adrenalinschub beschert, auch wenn man das vor lauter Müdigkeit nicht sieht. Nur vierundzwanzig Stunden zuvor war ich ein armes Schwein von Junior Accountant mit befristetem Projektvertrag bei einer Handyfirma, jetzt habe ich einen viel besseren Stand. Ich habe allen gezeigt, was in mir steckt, und mein Projekt (meins und Glorias) wurde von den versammelten MRW-Bossen, die Ka-Ty in der halben Welt verbreiten sollen, mit Dreißigsekunden-Applaus begrüßt.

»Okay, wenn ich Montag ins Büro gehe, warte ich also erst mal ab, was Mark sagt, denn er wird sicher heute Abend schon mit Angelica gesprochen haben und mit ein paar anderen Chefs …«

Wir nähern uns unserer Haustür und sehen in der Ferne Alessio kommen. Bei seinem merkwürdigen Gang sieht es immer so aus, als liefe er Schlittschuh.

»Ich muss noch duschen, aber glaub mir, ich würde es mir lieber schenken«, sage ich ohne große Begeisterung zu Rossella, nur um etwas zu sagen, während wir auf Alessio warten.

»Du bist doch wohl nicht Kommunist geworden, wenn du dich nicht mal waschen willst?«

Das klingt unverhohlen ironisch, und ihr Zwinkern macht es nicht besser.

»Und das sagt ausgerechnet ein Schwarzhemd ..., schwarz vor Dreck?«

»Nagelneu aus einem großen Kaufhaus, mit vierzig Prozent Ermäßigung wegen des ›ersten Schultags‹, mein Lieber. Ich fahre nicht nach Barcelona zum Shoppen!«

Während wir uns foppen, ist Alessio zu uns gestoßen, und wir können hochgehen. Ich habe mich entschieden: Geduscht wird morgen. Wenn ich nicht binnen dreißig Sekunden im Bett liege, falle ich ins Koma. Alessio und Rossella machen sich einen Tee und schauen einen nächtlichen Verkaufssender, ich sage Gute Nacht und verschwinde. Kaum habe ich die Bettdecke hochgezogen, das Licht ausgemacht und noch mal darüber nachgedacht, wie sich mein Leben nach zwei Tagen Barcelona verändern wird, höre ich aus dem Wohnzimmer merkwürdige Schreie. Ross macht einen auf durchgeknallt und äfft die Pornostars aus der Werbung für Erotikprodukte nach.

»Ross, ich will schlafen. Entweder meinst du es ernst, und ich bin sofort bei dir, oder du hältst endlich die Klappe!«, rufe ich aus meinem Zimmer.

3

Heimkino

Das Backpapier ist auch alle, hat jemand den Rest verbraucht?«

Zwei Probleme stellen sich uns regelmäßig: der kollektive Zugriff auf die Vorräte und die kollektive Beschaffung derselben. Heute ist Hausfrauentag. Wie jeden ersten Samstag im Monat fahren die vier von der Ave Maria zum Discounter. Jeder trägt das Seine dazu bei. Alessio fährt uns in seinem Kombi hin, einem Relikt aus dem letzten Weltkrieg, das ihm sein Vater geschenkt hat und das im Unterhalt teurer ist als erlaubt. Teo hat Mühe, die Augen aufzuhalten (ist schließlich Samstagvormittag, und er war bis vier in der Disco). Ross ist wie elektrisiert, Waschmittel, Putzlappen und Fertigprodukte zu kaufen lässt sie aufblühen wie sonst was. Ich bin der Buchhalter und laufe mit Adlerauge, Taschenrechner, Rabattblick und der Liste mit den Sonderangeboten herum. Das Ganze dauert nie weniger als zwei Stunden und ist ein ständiges Ein- und Ausladen von Produkten, als müssten wir für unseren nächsten Job bei einem Umzugsunternehmen trainieren.

»Gestern, das war ein gigantischer Filmabend!«, erinnert sich Ross.

»Ja, wenn ich nicht in weniger als fünf Stunden 36 Euro ausgegeben hätte, mit Pizza, Kino und diesem ganzen Zeug zwischendurch«, antworte ich und spreche von Geld, das ich ihr noch wiedergeben muss. Aber letztlich hat sie natürlich recht. Ich hatte die *Rocky Horror Picture Show* noch nie gesehen, aber es lohnt sich wirklich, was für ein Erlebnis! Im Mexico-Kino ist man nicht nur Zuschauer, sondern viele kommen in Kostümen aus dem Film und rezitieren ganze Szenen laut mit. Als Ross erklärte, wir müssten Reis einpacken und noch alles Mögliche andere, dachte ich, sie will mich veräppeln. Aber von wegen, ab einem bestimmten Punkt schienen wir uns live in einer Massenhochzeit zu befinden, so viel Reis flog da herum. Und von den etwa zweihundert Leuten im Kino war ich vermutlich der Einzige, der den Film nicht mindestens vier, fünf Mal gesehen hatte.

»Hört auf rumzublödeln, ihr beiden. Holt lieber Waschpulver. Zwei Packungen! Und Weichspüler …, dann müssten wir alles haben.«

Alessio gibt den Aufpasser und leitet den Endspurt ein. Drei Einkaufswagen sind randvoll, und wir sind alle.

Macht insgesamt 376 Euro und 48 Cent. Geteilt durch vier sind das 95 Euro pro Nase, eigentlich gar nicht so viel, wenn man bedenkt, dass wir einen ganzen Monat damit auskommen. Na ja, Fleisch, Gemüse, Obst und Frischzeug muss man natürlich während der Woche kaufen. Aber Nudeln, Büchsen, Tiefgekühltes, Waschzeug, Reinigungsmittel ist alles da. Und hat gar nicht mal so schlechte Qualität. Klar, im Discounter einzukaufen ist eine gewisse Herausforderung, man muss seine Marken beziehungsweise seine No-Name-Marken kennen und wissen, was geht. Wenn man das erst mal draufhat, kann man für wenig Geld schon ganz gut leben.

Einziges Problem: Für mich ist das Wochenende gelaufen, finanziell jedenfalls. Wie es der Zufall will, sind mir Shampoo, Duschgel, Haargel und Rasierschaum gleichzeitig ausgegangen, und meine letzte Rasierklinge, die ich immer wieder reaktiviere, wütet mittlerweile wie ein Mähdrescher in meinem Gesicht. Solche Sachen kauft jeder für sich, also habe ich in der Kategorie Beauty&Care noch einmal das Geld für ein exklusives Samstagabendprogramm ausgegeben. Zumindest fast.

Zu Hause herrscht Partystimmung. Überall liegen Tüten herum, und wir vier stehen mittendrin, eingeklemmt zwischen Kühlschrank und großen und kleinen Schränken. Das Kugelradio ist auf die Top Ten der Woche eingestellt, Matteo tanzt zu Madonna in kubistischen Konvulsionen auf dem Tisch, Alessio wippt bei Depeche Mode vorsichtig mit und verausgabt sich nicht einmal versehentlich.

Das Ritual am Einkaufssamstag verlangt, dass einer kocht, während die anderen auf dem Sofa herumhängen, warten und fernsehen. Heute bin ich dran, Kräuterravioli mit Butter und Salbei. Eigentlich waren Ravioli mit Fleisch geplant, aber die hier waren um die Hälfte heruntergesetzt. Und ein fleischloser Tag soll gar nicht schlecht sein, oder? Wenn man die Füllung in den Ravioli überhaupt als Fleisch bezeichnen kann …

»Kommt zu Papa, es ist angerichtet! Schön einer nach dem anderen, den Teller in der Hand, die Serviette um den Hals!«, locke ich meine Mitbewohner herbei – die nicht die geringste Anstrengung unternehmen, ihren Hintern von der blauen Couch zu erheben. Also bediene ich sie am Platz.

Zwischen Nachrichten und dem Beginn von *Amici* und *Top of the Pops* dreht sich das Gespräch um den weiteren Abend.

»Ich gehe heute Abend mit einer neuen Frau aus, vielleicht bringt sie eine Freundin mit ... Wer will mit, als Vierter im Bunde sozusagen?«, wendet sich Matteo an mich und Alessio. Ale macht sich nicht einmal die Mühe zu antworten, während ich dankend ablehne, nicht zuletzt, weil ich kürzlich bei einer vergleichbaren Gelegenheit 12 Euro für einen Cocktail hinlegen musste und nicht mal ein Kuss dabei herausgesprungen ist.

»Ich bleibe zu Hause. Vielleicht leih ich mir eine DVD oder such mir etwas im Internet. Auf Postepay müsste ich noch ein Guthaben haben, so wäre das wenigstens zu etwas nütze!«, rechtfertige ich mich etwas verschämt, um Matteo nicht ganz den Wind aus den Segeln zu nehmen.

»Ich bleibe auf jeden Fall auch zu Hause heute Abend. Gestern war ich essen, und man muss es ja nicht übertreiben ...«, schließt sich Alessio an. »Vielleicht können wir uns die Zeit ja gemeinsam vertreiben, wenn du magst.«

Himmel hilf, sofort stürzt alles auf mich ein, was man so unter »Zeitvertreib« verstehen könnte, und alles läuft auf eines hinaus: eine DVD leihen. Und zwar eine, die Ale gefällt, denn Horrorfilme machen ihm Angst, Komödien sind ihm zu banal, Autorenfilme haben keine Handlung, und die spannenden gehen schlecht aus.

Ein bisschen Gesellschaft wäre allerdings nicht übel. Vielleicht sollte ich positiv denken und ein kleines Fest für verzweifelte Dreißigjährige organisieren.

»Ross, hast du heute Abend schon etwas vor?«

»Definitiv. Rate mal …«

»Schon wieder babysitten?«, tippe ich aufs Geratewohl.

»Bingo! Du weißt ja, wie das läuft: Mami muss mit ihren Freundinnen zum Club der VIP-Frauen, Papi hat wer weiß was mit seinen Freunden vor, und wo bleibt der Schreihals? Bei Tante Ross natürlich.«

Schade, hätte mir gefallen, wenn sie hiergeblieben wäre.

»Ale, was meinst du, sollen wir jemanden einladen?«, frage ich Alessio aus einer Laune heraus, um das Programm ein bisschen zu beleben.

»Von mir aus gerne. Wenn es dir recht ist, rufe ich ein paar von meinen Freunden an. Oder meinen Kollegen von der Arbeit.«

Das »ein paar von meinen Freunden« bedarf einer gewissen Bedenkzeit. So verschleppe ich die Geschichte lieber, zieh erst mal meine Beautyprodukte aus der Tüte und trage sie ins Bad. Den kenne ich, diesen Typ »einer meiner Freunde«. Alles komische Snobs, halb arriviert, halb gescheitert, ohne jeden Sinn für Humor und mit einem »kein Thema« in jedem fünften Satz. Gutmenschen von der übelsten Sorte mit dem Charme von Minischaumküssen.

Ich tendiere zum Kollegen. Gesehen habe ich ihn nie, aber aus den gelegentlichen Erzählungen schließe ich, dass er ein Typ wie Alessio ist, ruhig und ohne allzu große Macken. Ich könnte Gianni und Roberto einladen, meine

Exkommilitonen. Samstags im Wohnheim haben wir unzählige solcher Abende veranstaltet, und sie würden mit Sicherheit zusagen.

Nicht dass es uns nicht gefallen würde, uns ins Mailänder Nachtleben zu stürzen, aber da die öffentlichen Verkehrsmittel irgendwann Feierabend machen, manche sogar schon um Mitternacht, läuft das Ganze eher auf ein permanentes Abpassen von Fortbewegungsmöglichkeiten hinaus – man betritt eine Disco um eins und kann sie nach sechzig Minuten schon wieder verlassen – als auf den Genuss eines fetzigen Abends in der Metropole.

»Hallo, Entschuldigung, darf man erfahren, warum du seit zehn Minuten mit dem Rasierschaum in der einen und dem Rasiermesser in der anderen Hand im Bad festgefroren bist? Willst du ein Regal werden ..., hast du dich mal bei Coop beworben, vielleicht brauchen die neue Stellflächen?«, platzt Ross in meine Gedanken herein.

»Mach dich nur lustig, aber vielleicht ist das gar keine so schlechte Idee. Allerdings haben vermutlich auch die Regale bei Coop befristete Projektverträge.«

Wir lachen, und sie schlägt mir auf die Schulter.

Alles wäre einfacher, wenn ich statt in Eleonora in sie verliebt wäre. Aber da ich nun einmal in Ely verliebt bin, kann ich in Rossella überhaupt nichts anderes sehen als eine gute Freundin. Oder besser noch, eine Schwester, denn bei Freundinnen gerät man schon mal in Versuchung, was einem bei Schwestern nicht passiert.

Ich gehe in die Küche zurück, und Alessio schaut mich fragend an. In seinem Blick lese ich deutlich die Bitte, ihm doch endlich mitzuteilen, ob er nun ein paar seiner Freunde anrufen soll oder nicht.

»Ale, würden deine Freunde zu einem kleinen privaten Fest unter Männern kommen?«, stürze ich ihn in Verwirrung, um zu sehen, ob er den Köder schluckt oder verschmäht.

»Oje ..., die von CL vermutlich nicht. Ein kleines privates Fest unter Männern ... Nein, sie würden das wohl ein bisschen komisch finden, eher etwas für Schwule. Vielleicht Franco, mein Kollege ..., ja, der schon. Er ist nicht der Typ, der mit irgendetwas Probleme hat.«

Köder geschluckt. Eins zu null für mich, direkt ins Schwarze getroffen. Keine nervigen Snobs an meinem Abend, auf meinem Sofa, vor meiner DVD. Verdammte Hacke!

»Na okay, ruf ihn ruhig an. Ich schicke Gianni und Roberto eine SMS, meinen Exkommilitonen. Du erinnerst dich doch an sie?«

Wenn ich es mir recht überlege, hätte ich statt ein paar Langweilern über dreißig lieber Eleonora einladen sollen. Nein, nicht Eleonora, ich bin wild entschlossen. Warum soll immer ich anrufen! Seit einiger Zeit schon höre ich nichts mehr von ihr. Sie lässt sich bitten, wie alle Mailänderinnen ihres Schlags. In der Emilia Romagna laufen dir die Mädels, wenn sie dich mögen, bis ins Haus hinterher und stellen dich mit dem Feuerhaken. Hier musst du mit der Limousine vorfahren. Ich begebe mich an den PC, um Gianni und Roberto eine SMS aufs Handy zu schicken. Seit kurzem kann ich nicht mehr hundert für lau schreiben, sondern nur noch zehn. Die Bastarde haben das radikal zusammengekürzt. Wenn ich schon mal dabei bin, kann ich auch gleich meine Mails abfragen. Binnen Sekunden ist die Antwort von Gianni da: *Ok_Was schauen wir an?_Ich hab Lemony Snicket_Shaolin Soccer_Donnie Darko_Soll ich die mitbringen? Wann? Brauchen wir etwas zu rauchen?*

Mit Gianni ist man auf der sicheren Seite. Er hasst Discos, Kneipen, Happy Hours, und um ihn irgendwohin zu bekommen, braucht man einen Abschleppwagen, aber bei einem gemütlichen Abend daheim ist er immer die richtige Person am richtigen Ort.

Antwort: *Um neun. Zu rauchen ist da, bring Film und etwas zu essen mit. Freu mich.*

Dass er eine DVD mitbringt, erleichtert mich: wieder 5 Euro gespart. Vielleicht ist den meisten das gar nicht so klar, aber 5 Euro Leihgebühr für eine DVD ist glatter Diebstahl. Wo bleibt denn da der Spareffekt? Kostet dasselbe wie eine Mittwochspremiere im Kino. Und dann beschweren sie sich, dass sich die Leute das Zeug aus dem Internet runterladen. Machen eine Blutsaugerpolitik und wälzen die Schuld auf jene ab, die sich schlicht und einfach nicht verarschen lassen wollen.

Roberto hat noch nicht geantwortet, aber es hat ja auch keine Eile. Ersatzweise habe ich eine E-Mail von Eleonora.

Melden ist nicht, was? Ich mach mich jetzt auf den Weg nach Sirmione und bleibe bis nächsten Mittwoch. Bin mit meiner Mutter und einer Freundin von ihr unterwegs, wir gehen ins Thermalbad. Versuch nicht, mich zu erreichen, denn wir werden nur abschalten und entspannen. Handy bleibt aus. Ich ruf dich an, wenn möglich.

Übrigens, mein Bruder hat das Demo fertig, von dem ich dir erzählt habe, es hängt im Attachment. Du kennst dich mit diesen Sachen besser aus als ich, hörs dir doch mal an und sag mir, was du davon hältst. Ich finde es scheußlich, nebenbei.

Ely

Okay, besser als nichts. Nicht dass sie sich viel Mühe geben würde, sie ist immer noch sauer, weil ich sie habe sitzen lassen. Als wäre ich absichtlich nach Barcelona gefahren, um unsere Verabredung platzen zu lassen. So ein Schwachsinn!

Allerdings hat sie an mich gedacht und ihre Zeit dafür verschwendet, mir eine Mail zu schreiben. Sie liebt mich also doch! Zumindest ein bisschen … Und wenn nicht, was würde das ändern? Besser, sich Illusionen hingeben, als sich mit dem Schlimmsten abfinden.

Mal reinhören in die MP3.

Himmel hilf. Der Anfang reicht, um gleich wieder zu stoppen. Voll der billige Stil von radio m2o: Keyboardklänge wie aus dem Staubsauger, furzender Bass und ein Hall … wie aus einem Sarg. Weiterhören oder reicht's schon? Weiterhören, ich tu es für Ely. Nach zwei Minuten stülpt sich mir der Magen um: ein Sample aus *Barbie Girl,* und das noch schlecht synchronisiert.

Das reicht, mir ist schon schlecht. Mich beschleicht der starke Verdacht, dass man dieses Zeug niemandem mit einem ausgefeilteren Geschmack als dem eines Dreizehnjährigen unterjubeln kann.

»Was hörst du denn da? Ist ja ein Wahnsinn, diese Musik.«

Genau.

Matteo hat sich in meine Tür gebeamt, als hätte ihn ein Ruf aus weiter Ferne ereilt.

»Der Scheiß ist von Elys Bruder.«

»Wieso Scheiß? Im Fitnessstudio würde so etwas sicher gut ankommen.«

»Zweifellos. Ich kann es dir ja schenken, wenn du Interesse hast.«

»Super! Danke, ich hole meinen iPod.«

Ich kopiere die MP3 auf Matteos iPod und gebe ihm das Gerät zurück. Dann lösche ich die MP3. Im selben Moment ruft Rossella, dass der Kaffee fertig ist. Leider nützt er nichts, danach liege ich den ganzen Nachmittag wie ein nasser Sack auf dem Sofa und schlafe.

Nur einmal öffne ich kurz die Augen, als Matteo mir nämlich eine Kopfnuss verpasst und wissen will, ob sein neues Tank Top seine Figur gut zur Geltung bringt. Mit einem Nicken stelle ich ihn zufrieden, dann ein Blick auf die Uhr und schnell ins Bad: Gesicht und Wohnung müssen auf Vordermann gebracht werden, in einer Stunde kommen die Jungs zum Filmegucken.

Ich zupfe das Tuch über dem Sofa zurecht, lasse die schmutzigen Teller verschwinden, stelle in meinem Zimmer einen Anschein von Ordnung her (will sagen, ziehe die Bettdecke übers Bett), steige in die Dusche und fühle mich hinterher noch wattiger.

»Was glaubt ihr, warum immer die ärmsten Schweine zur Ikone einer Generation werden?«

Franco, der Freund von Alessio, stellt die Frage in den Raum, als wir gerade den Abspann von *Donnie Darko* an uns vorbeirauschen lassen. Klar, er hat Philosophie studiert (ganz offensichtlich mit dem Ziel, für 970 Euro im Monat als Angestellter bei der Post zu arbeiten), und die Frage ist alles andere als dumm.

»Na, was denkst du denn? Das sind die, mit denen man sich am besten identifizieren kann, oder?«, antwortet Gianni mit dem selbstzufriedenen Ausdruck des qualmenden Orakels.

»Schon, aber warum will sich der Mensch mit einem armen Schwein identifizieren und nicht vom großen Heldentum träumen?«, insistiert Franco.

»Tja, in jedem armen Schwein steckt halt ein großer Held. Zumindest im Film«, erklärt Roberto nach einer Kunstpause, um nicht das Superhirn raushängen zu lassen. »Außerdem«, fügt er hinzu, »ist es dankbarer zu träumen, man sei ein armes Schwein, das sich in einen Helden verwandelt, als sich für einen Helden zu halten, der sich als armes Schwein entpuppt.«

Die Sache wird kompliziert. Mir gefällt's, aber mit einem Bierchen in der Hand würden wir vielleicht weniger wie Intellektuelle in einem bürgerlichen Salon wirken. Ich stehe auf und gehe zum Kühlschrank. Alessio schaut mich an, und ich könnte ein Vermögen darauf wetten, dass er den Film grässlich fand.

Komisch, für einen Existenzialisten wie ihn müsste *Donnie Darko* doch das gefundene Fressen sein. Ich zwinkere ihm zu, als wollte ich ihm für das Opfer danken. Nicht dass mich seine Meinung zur Filmauswahl so sehr interessieren würde (alles andere von *Madagaskar* bis *Findet Nemo* hätte er auch grässlich gefunden), aber da er sich erboten hat, mir Gesellschaft zu leisten, sollte ich doch wenigstens andeuten, dass ich seine Geste zu schätzen weiß.

Auf der Treppe höre ich Schritte und weiß, dass es Rossella ist.

»Willkommen daheim!«, empfange ich sie schon an der Türschwelle. »Gesellst du dich auf ein Bier zu uns?«

»Du kannst mich mal, und dein Bier kann mich auch mal!«, bricht es aus ihr hervor, ohne dass sie mich auch nur eines Blickes würdigt. Stattdessen schleppt sie sich den Flur entlang.

»Das ist Rossella, unsere Mitbewohnerin«, flüstert Alessio Franco zu und bemüht sich, den Vorfall herunterzuspielen.

»Was ist denn passiert?«, frage ich, ohne mich von ihrer Reaktion aus der Fassung bringen zu lassen.

»Was passiert ist? Was passiert ist? Passiert ist, dass sich irgend so eine Idiotin in San Babila vor die Metro geworfen hat, das ist passiert! Die ganze Strecke war eine Dreiviertelstunde lang blockiert, und niemand wusste, ob es überhaupt weitergeht, schließlich war schon Verkehrsschluss. Ich musste mit dem Taxi kommen, verdammt! 16 Euro von San Babila hierher, kannst du dir das vorstellen? Die Hälfte von meinem Abendverdienst habe ich in das Taxi gesteckt.«

Die Szene ist fast besser als die Hauptszene im Film.

Ross merkt, dass alle Augen auf sie gerichtet sind, sie seufzt, dreht sich um, will gehen und macht dann auf dem Absatz kehrt.

»Klar doch, gib mir dein verdammtes Bier, damit ich wenigstens etwas zu trinken hab …«

»Es ist fast Mitternacht, Ross, da gilt ein Sondertarif …«, versuche ich, ihr in möglichst besänftigendem Tonfall zu erklären. »Ich kann mir vorstellen, dass es für das Taxi eine wahnsinnige Kurverei war, dich hierher zu bringen, oder?«

Wenn man auf die Karte schaut, sieht Mailand aus wie ein riesiger Ameisenhaufen von öffentlichen Verkehrsmitteln: Überall wimmelt es von Trams, Bussen, U-Bahnen und Zügen (innerstädtischen und anderen Linien). Man gewinnt den Eindruck, als müsse man nur mit dem Finger schnippen, um zu jeder beliebigen Tages- und Nachtzeit von einem Ende der Stadt zum anderen zu gelangen. Tatsächlich ist es überhaupt nicht so. Das weiß niemand besser als ich, der ich schon seit Jahren hier lebe und die Öffentlichen benutze, auch in den scheußlichen Jahreszeiten. Nachdem man mir zum dritten Mal das Fahrrad geklaut hatte, war ich endgültig bedient, zumal ich das Monatsticket für 30 Euro ohnehin brauche. Während der Stoßzeiten brummt der öffentliche Verkehr wie verrückt, ist aber vollkommen überlastet, außerhalb der Stoßzeiten muss man sich mit einem Zug alle zehn Minuten begnügen. Und die Streckenführung ist vollkommen absurd, chaotisch und zufällig. Luftlinie ist unser Haus vielleicht eine Viertelstunde von San Babila entfernt. Fährt man mit den Öffentlichen, kommt man damit bei weitem nicht aus.

In solchen Momenten wird einem klar, dass man in Mailand zu Fuß viel besser dran ist. Zumal Mailand nicht Rom ist oder London. Mailand ist wahrhaft winzig.

»Sorry, Ross, du wusstest doch, dass wir zu Hause sind, warum hast du denn nicht angerufen? Ich wäre dich sofort abholen gekommen«, versucht auch Alessio, sie zu beruhigen.

»Ach, Alessio, vergiss es einfach! Es war schon zum Verrücktwerden, dass man einfach nicht wusste, was los war. Muss den diese todessüchtige Bande die ganze Stadt auf Trab halten?«

Franco, Gianni und Roberto verfolgen die Szene schweigend, und man weiß nicht, ob sie den richtigen Moment abpassen, um noch einen draufzusetzen, oder ob sie darüber nachdenken, irgendwann klammheimlich die Kurve zu kratzen. Alessio, der eine gute Erziehung genossen hat und die Situation retten will, macht alle miteinander bekannt.

»Wir kennen uns, wir kennen uns ...«, grinst Franco, »nicht wahr, Frau Professor?«

4

Weiterkommen oder weitermachen

Der Ausdruck in Marks Gesicht ist immer derselbe, Tag für Tag, Woche für Woche. Er lächelt, er sieht dir in die Augen, er schenkt dir kein Vertrauen, fordert es aber. Für ihn ist jeder Augenblick gut genug, um dir auf die Schulter zu klopfen oder in den Hintern zu treten. Vielleicht besteht da auch gar kein so gewaltiger Unterschied. Jeder seiner Tage ist mit dem vorangegangenen identisch, außer dass er die Kleidung wechselt und einem unvermittelt Dinge mitteilt, die so nicht zu erwarten gewesen waren. Heute hat er einen dunkelblauen Armani-Anzug an, sportliche Schuhe von Prada und einen Pullover mit eng anliegendem Rollkragen. Sehr informell, mit Sicherheit steht heute kein Meeting auf dem Programm.

Ich beobachte ihn aus der Ferne. Außer ihm ist praktisch niemand im Büro. Es ist fünf nach halb neun, und vor neun sind Stefania und die anderen kaum zu erwarten. Ich kenne Marks Gewohnheiten, und dies ist sicher der beste Moment, um nach einer Gehaltserhöhung zu fragen. Ich und er, ganz unter uns.

»Ich bin sehr zufrieden mit dir, Claudio, die Gehaltserhöhung hast du dir verdient. Ab nächsten Monat bekommst du 1500 netto im Monat. Glückwunsch!«, echot es in meinem Kopf herum. Seit ich aus Barcelona zurück bin, warte ich auf so ein Gespräch, aber letzte Woche war Mark im Urlaub. Malediven natürlich. Nachts habe ich davon geträumt, habe darüber nachgedacht, was ich sage, und mir zusammenfantasiert, was er antwortet. Und war überzeugt, er wird mir die Gehaltserhöhung gewähren. Mehr noch, er wird mir einen unbefristeten Vertrag anbieten.

Den Kopf voll von solchen Ideen lege ich den Rucksack ab, schäle mich aus dem Mantel und klopfe an Marks offene Tür.

»Guten Morgen, Claudio, ich wollte sowieso mit dir sprechen. Ach, kannst du mir einen Kaffee besorgen. Einen großen, mit Zucker.«

Machtmenschen erkennt man daran, dass sie die Leute auch für die idiotischsten Kleinigkeiten springen lassen. »Die Maschine steht direkt neben dir, kannst du dir deinen Kaffee nicht selber nehmen, oder was?«, würde ich am liebsten sagen. Doch plötzlich bin ich in einem anderen Film, es geht ihm natürlich um die besondere Intimität, und ich verstehe seinen Befehl als ein »Claudio, wir sind auf dem besten Weg, so gute Freunde zu werden, dass ich dich um einen Kaffee zu bitten wage, ist das okay für dich? Gloria würde ich nie nach so etwas fragen …« Ein Film, Ende.

Ich reiche ihm den Kaffee. Seine sanfte Stimme ist vollkommen normal, keinerlei Schwankungen. Ein gutes Zeichen.

»Danke. Ich habe mit Angelica gesprochen, sie hat mir erzählt, wie es in Barcelona gelaufen ist …«

»Das habe ich mir gedacht«, brummle ich wie ein verlegener Teenager vor mich hin.

»Und?«

»Und ... vermutlich hat sie erzählt, dass es super gelaufen ist«, nuschele ich, um überhaupt etwas zu sagen, und vergesse glatt, dass ich mit meinem Chef spreche und nicht mit Rossella.

»So etwas in der Art.«

Mark spricht immer sehr sachlich, aber es klingt nie hart oder aggressiv.

»Sie hat nicht gesagt, dass es super gelaufen ist?«, hake ich nach und bin plötzlich erstaunt und spüre eine gewisse Spannung.

»Sie hat sich etwas professioneller ausgedrückt. Aber im Kern war es dasselbe.«

Ich atme erleichtert auf und wische mir die feuchten Hände an meiner Hose ab. Jetzt würde ich mich gerne im Spiegel sehen, bestimmt würde ich in leuchtende Augen blicken. Ich spüre es, wenn ich dieses Büro verlasse, habe ich einen neuen Vertrag und die Gehaltserhöhung in der Tasche.

»Kompliment, Claudio«, fährt Mark fort. »Sobald Gloria kommt, werde ich es ihr auch sagen. Ich freue mich, dass sich mein Vertrauen in euch so schön bestätigt.«

Ich glühe innerlich. Im professionellen Verhaltenskodex lässt eine solche Ausdrucksweise auf nicht unerhebliche Gratifikationen schließen. Eine Art unausgesprochenes Einverständnis, eine Überraschung aus dem Hinterhalt, ein Beharren auf der eigenen Überlegenheit gegenüber dem Untergebenen, der gleichzeitig eine gewisse Milde verspürt.

»Vorerst rate ich dir aber dringlich, dass du dir das Ganze nicht zu Kopf steigen lässt. Wir sind wir, und die anderen sind die anderen. Dass die Spanier höchstwahrscheinlich unsere Werbekampagne übernehmen, bedeutet nicht, dass ihr eine Jahrhundertidee hattet. Du solltest dich jetzt einfach auf deine Arbeit konzentrieren und so tun, als wäre Barcelona nie gewesen.«

Unvorhergesehener Rückschlag.

Was soll das heißen, *als wäre Barcelona nie gewesen?*

»Ich werde dafür sorgen, dass du und Gloria unter den allerbesten Bedingungen noch ein paar Details überarbeiten könnt. Wir haben keine Zeit zu verlieren ...«, fährt er fort. »Wie du weißt, ist am vierzehnten der offizielle Starttermin für Ka-Ty bei Presse, Funk und Fernsehen, deine Deadline rückt also unaufhaltsam näher. Und damit das gleich klar ist: Wenn ihr, um den Termin einhalten zu können, Überstunden machen müsst, werden die nicht bezahlt. Nichtsdestotrotz ...«

Die nun folgende Pause, perfekt getimt wie jede Äußerung in diesem Gespräch, leitet ganz offensichtlich einen Knalleffekt ein.

»Natürlich habt ihr eine Belohnung verdient.«

Hier blockiert meine Fantasie wie der Zylinder einer Slotmachine, der auf der vielversprechendsten Position, wenn die Kombination BAR – BAR – BAR schon ausgemachte Sache ist, plötzlich zurückschnellt.

Ich denke über das Wort »ihr« nach. Das bedeutet? Ich und Gloria? Oder vielleicht auch diese idiotische Stefania, die als Vorgesetzte für uns verantwortlich ist, aber von Marketing nur Bahnhof versteht?

»Zwei Tage Urlaub für dich und Gloria, wann immer

ihr wollt. Sagt aber dem Personalbüro besser mindestens eine Woche vorher Bescheid. Und dann … noch etwas.«

Ein leichter Schauer läuft mir über den Rücken.

»Erinnere mich daran, dass wir möglichst bald über deinen Vertrag sprechen. Wir sollten schauen, wie wir mit unserer Zusammenarbeit in Zukunft weiterkommen oder weitermachen. Und jetzt entschuldige mich bitte, Claudio, ich habe einen Termin.«

Erstarrung. Düsternis. Kälte. Schauer.

Ich erhebe mich stumm von meinem Stuhl und verabschiede mich von Mark mit einem dieser klassischen Höflichkeitsgrinsen, die irgendwo zwischen Nase und Kinn angesiedelt sind. Der Weg zu meinem Schreibtisch, zwanzig Schritte vielleicht, kommt mir vor wie der New-York-Marathon, und die Gesichter, die sich vor mir abzeichnen, erinnern mich an unbekannte Wesen, die von wer weiß was für einem unbekannten Planeten hierhergekommen sind. In meinem Kopf haben sich zwei Worte festgehakt: *weiterkommen* oder *weitermachen,* und wie ein Metronom ticken sie immer weiter. Weiterkommen oder weitermachen. Weiterkommen oder weitermachen.

Ich lasse mich schwer auf meinen Stuhl plumpsen, lehne mich zurück und bleibe mit entgeisterter Miene sitzen. Ich weiß nicht, wie lange ein solches Wachkoma anhalten kann.

Ich bin ein geschlagener Mann. Nicht nur habe ich keine Gehaltserhöhung bekommen, sogar meine Zukunft bei MRW scheint alles andere als sicher. Mit Projektende läuft auch mein Arbeitsvertrag aus, theoretisch könnte ich dann auf der Straße sitzen.

Um Himmels willen, Mark trifft keine Schuld. Ich weiß

nur zu gut, dass bestimmte Entscheidungen nicht von ihm getroffen werden, und immerhin hat er zwei Tage Urlaub für uns rausgeschlagen. Aber das Luftschloss aus Gehaltserhöhung, Bonus und Anerkennung, das ich mir gebaut habe – all dieses Zeug aus Hollywood, das man mittwochs im Kino serviert kriegt –, ist zerplatzt, und jetzt sind mir alle Wege versperrt.

»Siehst du, am Ende haben wir es doch geschafft.«

Das ist Gloria, die nach der Krankheit ihrer Tochter wieder zur Arbeit gekommen ist und mir jetzt auf die Schulter klopft. Sie strahlt mütterliche Wärme aus und wuschelt mir über den Kopf.

»Ich habe kürzlich abends deine Mail gelesen, aber ich war so aufgeregt, dass ich gar nicht wusste, was ich sagen soll, so einen Erfolg hatte ich für Barcelona wahrhaftig nicht erwartet! Ich wollte noch antworten, aber Chiara hatte so schlimmes Fieber, ich musste sie schnell ins Bett bringen, und dann bin ich neben ihr eingeschlafen. Warst du gerade bei Mark?«

»Ja, er hat gesagt, dass er dich auch noch sprechen will. Wenn ich es recht verstanden habe, ist er immer noch in absolut triumphaler Stimmung, zumindest seine Komplimente deuten darauf hin.«

Gloria geht zu Mark, danach arbeiten wir weiter. Das Wasser steht uns bis zum Hals, und alle sitzen uns im Nacken, wie schon die ganzen letzten sechs Monate. *Als wäre Barcelona nie gewesen.*

Ich schalte den Computer an, und während er hochfährt, hole ich mir einen Tee.

Auch Daniele erscheint jetzt.

»Ciao, Claudio! Alles klar?«

Das übliche Morgenritual.

Als wäre Barcelona nie gewesen … Marks Worte hallen unentwegt in meinem Kopf nach.

»Ciao, Dani. Ja, alles klar. Und bei dir?«

»Bei mir auch, ja. Alles klar. Ich muss dir etwas erzählen, vielleicht nachher in der Snackpause, oder wenn wir den Laden verlassen, falls du fünf Minuten hast …«

Möglicherweise wartet er auf eine Antwort, aber ich denke an etwas anderes und schaue ihn so stumpfsinnig an, dass er gar nicht erst zu Ende spricht.

»Ist nicht so wichtig, mach dir keinen Kopf. Was hat Mark zu Barcelona gesagt?«, fragt er und will mich vielleicht eher zu einem Gespräch ermuntern, als dass es ihn wirklich interessiert.

»Nichts Besonderes. Das Projekt hat überzeugt, und Mark scheint ziemlich zufrieden. Vielleicht übernehmen die Spanier unsere Marketingstrategie für Ka-Ty«, erkläre ich mechanisch und ohne jede Begeisterung.

Bei »Mark scheint ziemlich zufrieden« zieht Daniele unwillkürlich eine Augenbraue hoch. Ich hege den Verdacht, dass er insgeheim das Gegenteil erhofft hatte. Nicht dass er mir Böses wünscht, im Gegenteil. Ich bin hier die Person, zu der er am meisten Vertrauen hat, und ich bin auch der Einzige, der auf seiner Party war. Es ist nur so, dass er gerne an meiner Stelle wäre. Wie er gerne an jedermanns Stelle wäre, bei dem es stark nach Beförderung oder Gehaltserhöhung riecht. Vielleicht irre ich mich, aber ich fürchte fast, dass hinter seiner so freundlichen Fassade irgendwann der Opportunist zum Vorschein kommen könnte. Nicht ausgeschlossen, dass er in wenigen Monaten an mir vorbeigezogen sein wird (zurzeit haben wir exakt denselben Job) und mir Befehle erteilt. Wenn er nicht sowieso weg sein wird. Oder wenn nicht ich sowieso weg sein werde. Oder wenn sie nicht sowieso freiwillig auf mich verzichtet haben werden.

Ach, was weiß ich.

Die Uhr im Großraumbüro zeigt achtzehn Uhr an. Gloria ist vor ein paar Minuten gegangen, von Stefania ist nichts zu sehen, und Daniele zieht sich gerade energisch Mantel und Handschuhe an.

»Ich verschwinde, ich habe einen Termin mit einem Typen, der die Wohnung kaufen will! Morgen muss ich dir dann etwas erzählen … Schönen Abend noch.«

Ich habe nicht einmal Zeit zurückzugrüßen, da sehe ich ihn von meinem Fensterplatz aus schon unten auf der Straße Richtung Metro stürzen. Ich ziehe meine Jacke an und gehe ebenfalls.

Um sechs wimmelt der Corso Vittorio Emanuele immer von Menschen. Außer es regnet sintflutartig natürlich. Hier versammelt sich alles, was die Metropole ausmacht, zufällig und wahllos zusammengewürfelt, ein ewiges Durcheinander von Bewegungen, Stimmen, Geräuschen, Bildern – kurze Momentaufnahmen, die sofort wieder verschwinden. Nicht wie auf einer Provinzmeile, wo jedes kleinste Detail sich langsam ins Bild schiebt und Gestalt annimmt und wo man immer mit denselben Leuten an denselben Orten landet.

Ich brauche jetzt wirklich ein bisschen Bewegung, um das Chaos in meinem Kopf zu sortieren und acht Stunden Bürostress abzubauen.

Shopping verbietet sich klarerweise von selbst. Auch

wenn es mir über kurz oder lang gut gefallen würde herauszufinden, was einen in einem Laden anspringt und was man ohne diese verdammten Ängste so kaufen würde. Und wie es wäre, gleich ins nächste Geschäft zu gehen, und dann in noch eins, und so fort und so fort, einen ganzen Nachmittag lang. Man würde mit sechs Tüten in der Hand rumlaufen, wie es die Japaner in der Via Montenapoleone tun, oder irgendein unnützes Zeug kaufen, nur weil die Verpackung so schön ist. Einmal habe ich Ely begleitet und bin schon nach dem zweiten Schaufenster an die Cafébar der Buchhandlung geflüchtet, um zu lesen und darauf zu warten, dass sie mich irgendwann wieder einsammelt. Mir ist natürlich klar, dass zwischen einkaufen und zum Einkaufen begleiten ein Unterschied besteht. Ein gewaltiger sogar.

Genug teenagerwürdige Aphorismen gebastelt. Ich sammele meine geistigen Kräfte und erkenne, dass eine Zigarette jetzt nicht schlecht wäre. Schade nur, dass ich die letzte vor einer halben Stunde an Daniele abgetreten habe. Ich steuere sofort auf einen Tabakladen zu, beschleunige meine Schritte, als wäre ich auf Entzug, trete ein und keuche: »Diana Blu, bitte … ein Päckchen Diana Blu!«, dann atme ich tief ein, halb vor Verlangen, halb wegen des forschen Tempos. Macht 3 Euro. Heute gönne ich sie mir trotzdem, verdammt. Das wird die Zigarette des Jahres. Ich will gar nicht wieder darüber nachdenken, dass ich, wenn ich zu rauchen aufhören würde, in der Woche 12 und im Monat 48 Euro sparen würde und dafür etwas zweifellos Sinnvolleres oder Unterhaltsameres anschaffen könnte. Nicht daran denken. Ich bezahle mit euphorisch glänzenden Augen (gut zu sehen im Spiegel hinter der Verkäuferin), verlasse den Laden, öffne die Packung, zünde eine Zigarette an und …

Whoooowww.

Luft!

In diesem Moment scheint alles stillzustehen, ein bisschen wie in der Werbung oder in Musikvideos, die im Modus *fast forward* laufen und plötzlich in eine Zeitlupe einmünden. Die ersten drei Sekunden einer solchen Zeitlupe entsprechen dem, was ich jetzt fühle.

Whoooowww.

Noch ein Zug.

Ich werde nie wissen, was es heißt, einkaufen zu gehen, aber wer nicht raucht, wird nie wissen, was in solchen Momenten mit einem Menschen passiert.

Während ich zerstreut ins Schaufenster des Tabakladens schaue und denke, dass das alles weniger mit Rauchen als mit Oralverkehr zu tun hat, fällt mein Blick auf eine schwarze Filzstiftanzeige: HIER GEWONNEN! 16 000 EURO!!! Sie ist quer über einen auf A3 hochkopierten Lottoschein geschrieben.

Verdammt, 16 000 Euro, was für ein Sauglück!

Einen Versuch wäre es natürlich wert. 1 Euro heißt, auf einen Kaffee zu verzichten. Man verspielt nicht seine letzte Unterhose.

Ich weiß, dass alle so anfangen, und irgendwann geht dann der halbe Lohn drauf. Oder der ganze. Oder der ganze eigene und noch der von jemand anderem. Aber mein Problem ist nicht nur das Sparen, sondern ich müsste vor allem eine winzige Extraeinkommensquelle finden, die mir gelegentliche unvorhergesehene Ausgaben abdecken hilft. Weil ich mich nämlich, sprechen wir es doch laut aus, mit 1000 Euro zwar irgendwie durchschlage, aber nicht einen Cent davon auf die Seite lege, weder für die Gegenwart noch für die Zukunft.

Nehmen wir doch mal an, ich muss zum Zahnarzt: Was tun? Ich verschulde mich oder bleibe einen ganzen Monat zu Hause. Da doch lieber die Sechzehntausend im Strumpf! Oder wenigstens fünfhundert, sechshundert … ein Milliönchen? Gerade genug für ein kleines Polster bei der Bank.

Schon entschieden: Ich spiele.

Zwei Zahlen schweben mir bereits vor: die 8 (Anzahl der Buchstaben im Namen Eleonora) und die 27 (mein Alter). Dann nehme ich … klar, die 64 (unsere Hausnummer). Wie komme ich an die restlichen drei Zahlen? Mist, vielleicht war das doch keine so gute Idee mit der Spielerei, das artet ja in Arbeit aus.

Ich hab's! Ross soll für mich tippen. Wenn sie das rauskriegt, wird sie mich sicher für verrückt erklären, weil ich noch mehr Euros an den Staat verschenke, der doch schon so viel von mir einsackt. Der Trick besteht darin, sie gar nicht einzuweihen.

Ich schicke ihr eine SMS: *ciao ross, habe mit daniele gewettet, hat was mit marketing und statistik zu tun. schreib mir die ersten drei zahlen zwischen eins und neunzig auf, die dir in den sinn kommen. danke. ps bin in einer halben stunde zu hause.*

Dreißig Sekunden. Die Antwort lautet: *37 70 13.*

Ich zerdrücke die Zigarette unter meinem Schuh, betrachte sie noch einmal gründlich, als wollte ich sie für immer im Gedächtnis behalten, und betrete erneut den Laden.

Ich tippe die 8, die 27, die 64, die 37, die 70 und die 13.

5

Eleonora, du kannst mich mal

Drück! Na, was ist denn los …, noch mal. Bravo! Siehst du, dass wir das schaffen? Ich habe es doch gesagt!«

Teo ist nicht immer überzeugend in dem, was er sagt. Nicht für mich zumindest, weil ich weiß, dass er in neun von zehn Fällen blufft. Aber wenn er an einer Sache wirklich interessiert ist (und das hier gehört dazu, mein lieber Scholli), beschimpft er dich, treibt dich an, lässt dich dumm aussehen, schleift dich hin, wo er dich haben will, und zwingt dich zu absolutem Gehorsam.

So war es auch heute: eineinhalb Stunden Geräteparcours, als gäbe es nichts anderes auf der Welt. Als wäre man von seinem Innersten abgekoppelt. Sportstudio, Bodybuilding, Fitness sind für Matteo eine Art Religion. Ich habe mich erst kürzlich zum göttlichen Bizeps und zu den Heiligen Aposteln der Bauchmuskeln bekannt. Zwei Jahre ist es ungefähr her, dass ich erstmals diese Hallen betreten habe.

Ich schaue in den Spiegel und sehe einen abgeschlafften Körper. Als kleiner Junge habe ich immer in der Dorfmannschaft Fußball gespielt, nicht weil ich so gut war, sondern weil es Spaß gemacht hat. An der Uni war ich manchmal beim Hallenfußball, und das war es dann auch. Dort hat alles angefangen. Eines Tages kurz nach dem Abschluss stand ich plötzlich nackt vor einem Spiegel und konnte wider jede Gewohnheit nicht umhin, genau hinzuschauen und mich zu betatschen. Diagnose: Rettungsringe, Bäuchlein, schlaffer Brustansatz, schwabbeliger Hintern. Mit einem Wort: nicht präsentabel.

In drei Sekunden war ich angezogen und wollte mich für den Rest des Tages nur noch zu Hause verkriechen (und nicht nur für den Rest *dieses* Tages). Schockschwerenot. Ich kam mir vor wie diese Klageweiber mit den tausend Problemzonen: Orangenhaut, Hüfte, Brüste, Po, gespaltene Haarspitzen, das reinste Gruselkabinett. Mittlerweile reden alle über so etwas, oder? *Heutzutage haben junge Männer dieselben Probleme wie Frauen.* Manchmal denke ich, dass mir das gefallen hätte, damals vor sechzig Jahren, als der Mann noch kernig war, ein Macho, ein Zuchtmeister – und Zuchthengst –, und als er noch »Stallgeruch« hatte.

Andererseits … will man das wirklich vergleichen? Deinen Körper zu respektieren, deine Muskeln wohldefiniert zu sehen, und zwar exakt am richtigen Ort, die Haut straff, den Bart gepflegt, die Haare ordentlich … Ich will nicht sagen, dass sich dein Leben dadurch ändert, aber du fühlst dich einfach wohler so. Damit wir uns recht verstehen: Ich rede nicht von Narzissmus, Eitelkeit oder dem Wunsch, die eigene Unsicherheit hinter der klassischen Fassade von Coverboys zu verbergen. Zumindest was mich angeht. Ich habe nur kapiert, dass die alten Römer recht hatten: *Mens sana in corpore sano.* Mama, hilf, ich bin schon wie mein Oberschullehrer!

»He, du hast jetzt hundertzwanzig Sekunden Pause gemacht!«, ermahnt mich Matteo. »Beweg dich, Leute über dreißig werden nicht geschont! Noch einmal auf die Streckbank, und dann in die Schräglage.«

Disziplin ist alles, im Fitnessstudio gibt es nichts zu lachen. Mit Teo sowieso nicht. Hier habe ich ihn auch kennengelernt, nachdem ich mich vor zwei Jahren angemeldet hatte. Er wohnte damals noch mit seiner Ex zusammen, in der Nähe von unserer Wohnung, dann haben sie sich getrennt, sie ist zu ihrer Familie zurück, und die Vermieterin wollte den Mietvertrag partout nicht ändern. Eines Abends haben wir uns über alles und nichts unterhalten, durch Zufall habe ich erwähnt, dass bei uns ein Zimmer frei ist, und er ist eingezogen.

Es war nicht leicht, ein Fitnessstudio für meine Bedürfnisse zu finden, wie ich mich noch gut erinnern kann. Ein schneller Durchgang durch die Studios im Zentrum, wo sich diese Schönlinge à la Men's Health herumtreiben, hat ergeben:

1) Ich könnte mir nie die 100/120/150 Euro im Monat leisten;

2) diese Orte sind Hühnerställe, und wenn du ernsthaft trainieren willst und nicht Anschluss suchst (soll heißen, deine Zeit vorwiegend mit Klatsch und Tratsch vergeuden willst), wirst du wie ein Marsmensch angeglotzt und kriegst keine Hand an die Geräte.

Auch in meiner Gegend, die so ungefähr im Zentrum vom Dreieck Sempione-Certosa-Autobahn zu den großen Seen liegt, haben etliche Studios dieser Art aufgemacht, doch Gott sei Dank gibt es das »Body Sculp«, ein wahres Juwel: Gewichte auf fünfzig Quadratmetern Fläche, grauer Teppichboden, lackierte Wände und nagelneue Geräte, auch wenn sie seit meiner Anmeldung nicht mehr ausgetauscht wurden. Okay, Massen von Leuten türmen sich hier übereinander, und um eine Übung zu beginnen, kann man sich jedes Mal wie bei Tetris in ein Gerät hineinquetschen und hinterher wieder herausquälen. Trotzdem ist es prima hier.

Das Ganze bekommt man für weniger als 450 Euro im Jahr, ein Klacks für jemanden, der nicht viel Geld hat und sich zu bescheiden weiß. Na ja, der Ankleideraum ist voller als die Metro der Domlinie zur Stoßzeit, und klar, es gibt nur zwei Duschen, und wenn das heiße Wasser hier nicht umsonst und reichlich aus der Leitung flösse, würde ich lieber nach Hause gehen. Im Endeffekt aber macht sich das bei den Abrechnungen schon bemerkbar.

Heute ist der Tag der Brustmuskeln und Bizepse, übermorgen kommen Schultern und Beine dran. Teo bestimmt, was ich mache, wie viel Kilo ich auflege, wann eine Steigerung fällig ist. Er ist mein *personal trainer,* »hauseigen« im wahrsten Sinne des Wortes. Und ich muss schon sagen, der Körper reagiert positiv. Ich bin ziemlich zufrieden.

Nach dem Training zwinge ich Teo wie immer, im Studio zu duschen (es bringt nichts, ihm zu erklären, dass schon 10 Euro mehr oder weniger für Gas und Wasser einen Unterschied machen, auf dem Ohr ist er taub), dann gehen wir hungrig nach Hause.

Teo trinkt alle drei Schritte aus seiner merkwürdigen Hightechflasche.

»Solltest du auch trinken, das Zeug, sonst schaffst du auf der Bank nie die achtzig Kilo.«

Proteine. Er ist ein Freak, isst fünf Mahlzeiten am Tag,

nimmt Gesöffe zu sich, schmeißt chemische Mittelchen von jeder Art und Farbe und Geschmacksrichtung ein, und am Morgen verquirlt er sich erst mal zwei Eier. Vom geistigen Standpunkt her scheint mir das ziemlich aufwändig zu sein, wenn man jedes Milligramm Essen nachhalten muss …, außerdem könnte ich mir das auch vom ökonomischen Standpunkt her nicht leisten.

»Bist du sicher, dass du nicht probieren willst? Ist echt gut, schmeckt wie ein Vanillemilchshake.«

»Mag ich nicht!«

»Okay, dann also Schokolade. Oder wenn dir das lieber ist, habe ich auch noch eine Büchse *Whey protein* mit neunzig Prozent Waldfruchtanteil …«

Keine Ahnung, wovon er redet.

»Was kostet das Zeug denn so?«, setze ich bei dem einzigen Detail an, das mich an seinem Gerede interessiert.

»Na ja, kommt drauf an. Proteine pur liegen so bei 30 Euro die Neunhundertgrammbüchse, und die reicht für einen ganzen Monat. Nach dem Training ist es allerdings besser, wenn man Proteine nimmt, die mit Kohlenhydraten versetzt sind, und da kostet ein Vierkilopaket ein Vermögen. Warum kommst du nicht mal mit zum Bodybuilding-Shop? Ich leih dir meine Insiderkarte, wenn du willst, da kriegst du fünfundzwanzig Prozent.«

Wenn er über Fitness spricht, geht der Promoter mit ihm durch. Er sollte einen dieser Megastores leiten, die jetzt bei Sportartikeln groß im Kommen sind, das würde er bestimmt glänzend machen.

Wir kommen nach Hause (Ross ist zur Abwechslung mal nicht da, Alessio hat die Tür zu), ich werfe ohne große

Umstände etwas zu essen ein (Fertigcordonbleu im Brötchen) und begebe mich an den PC. Ich frage meine Mails ab und stelle eine Verbindung zu Skype her, um rauszukriegen, wer von meinen Freunden sich da gemeldet hat.

Es ist Valerio.

Bis vor gar nicht langer Zeit waren wir unzertrennlich. Mit dreizehn habe ich ihn gefragt, ob wir nicht eigentlich Brüder seien. Dann kam es, wie es halt so kommt. Er ist nach Bologna gegangen, ich nach Mailand. Verschiedene Richtungen, jeder zieht seines Wegs. Und so ist mit achtzehn die Verbindung auseinandergegangen. Es ist schwer, immer Kontakt zu halten. Ein bisschen tut mir das leid, vielleicht sollte ich ihm nach Bologna folgen. Vielleicht sollte er seinen Hintern hochkriegen und zu mir nach Mailand kommen. »Das kann ich nicht, Cla, versteh doch, meine Mutter ist allein, und so weit wegzugehen finde ich ihr gegenüber unfair.«

In der Oberschule hat er noch so gedacht, und im ersten Jahr an der Uni ist er jeden Tag die Strecke Salsomaggiore-Bologna-Salsomaggiore gependelt. Dann hat er eine Freundin gefunden und sich in Bologna niedergelassen. Komischerweise ohne einen Gedanken an seine Mutter zu verschwenden, die ihn jetzt sogar noch seltener sieht als ich.

Auf dem Monitor blinkt immer noch sein *icon.* Ich setze meinen Kopfhörer auf wie ein Mitarbeiter vom Callcenter und stelle den Kontakt her. Das ist wie telefonieren, nur komplett umsonst. Und das selbst dann, wenn ich mit Giada in den Vereinigten Staaten telefoniere oder mit Dario in Dublin. Geniale Erfindung.

»Ciao, Claudio! Und? Was erzählt man sich so Schönes in Mailand?«, tönt es aus der Leitung, sobald ich den Knopf für »Gespräch annehmen« gedrückt habe.

»Schönes, weiß nicht ... Ich bin ziemlich müde heute. Bin gerade aus dem Fitnessstudio zurück, und die letzten Tage im Büro waren der Horror. Ach ja, ich war in Barcelona, in zwei Tagen hin und zurück, natürlich beruflich.«

»Seit Jahren sage ich dir, dass du nach Bologna kommen sollst: keine Horrorschichten, kein Smog, keine Umweltverschmutzung, kein Ärger, keine Verrückten auf der Straße ... Und alles kostet zwar nicht gleich die Hälfte hier, aber doch erheblich weniger.«

»Vale, was ist denn los mit dir? Hast du an einem Kurs für alternde Hausfrauen mit Provinzkoller teilgenommen?«, frage ich ein wenig heftig, als hätten seine Worte irgendetwas in mir berührt. Im Prinzip weiß ich natürlich, dass er recht hat.

»Komm, du kannst dir doch denken, dass ich nur scherze. Aber du musst zugeben, dass hier das Leben ruhiger ist. Gar kein Vergleich. Übrigens habe ich brandaktuelle Neuigkeiten: Sara und ich haben endlich eine Wohnung gefunden! Es war schwierig, aber wir haben es geschafft.«

»Ach was! Ich habe gar nicht gedacht, dass ihr wirklich zusammenziehen wollt ...«

»Na ja, das ging einfach nicht mehr mit den verschiedenen Wohnungen. Sie kann nicht mehr so gut mit ihrer Freundin, und ich kriege die Krise, weil ich mich mit meinen Mitbewohnern ständig wegen dieser Joints herumärgern muss.«

»Wieso das? Hast du in den letzten sieben Tagen auch

noch das Rauchen drangegeben? Puuuh! Du wirst doch nicht etwa langsam zu einem kleinen Spießer?«

»Ich würde sagen, ich rauche weniger. Ich habe mich besser unter Kontrolle. Aber es sind gar nicht die Tüten an sich, es sind die Tüten, die *überall im ganzen Haus* herumliegen«, präzisiert er. Dann sagt er, offensichtlich irritiert über meine Unterbrechung: »Die Wohnung, die ich mit Sara beziehe, ist übrigens nicht riesig, sie hat so fünfzig Quadratmeter. Die Küche ist ziemlich groß und dient gleichzeitig als Wohnzimmer, das Zimmer ist etwas kleiner, aber mein Bett müsste gerade eben hineinpassen. Das Bad gefällt uns beiden sehr gut, weil Dusche und Waschbecken vom Klo abgetrennt sind, da ist man ein bisschen mehr für sich.«

»Verstehe, da kannst du während der Sitzung rüberschielen, wenn sie duscht …«, antworte ich knapp, um ihn zum Lachen zu bringen.

Valerio lacht nicht. Vielmehr scheint sich jenseits des Kopfhörers ein merkwürdiges Schweigen breitzumachen. Es gab Zeiten, da hätte er mir so etwas nicht übel genommen. Es gab auch Zeiten, da hätte er sich nicht mit seinen Mitbewohnern wegen dieser Tütengeschichte rumgeschlagen. Vielleicht verstehe ich ihn einfach nicht mehr. Hat vielleicht mit dieser Sara zu tun, die mir, sprechen wir es ruhig mal aus, überhaupt nicht gefällt. Immer wenn ich Valerio besuche, was wahrhaftig nicht oft passiert, klebt sie an ihm dran – fehlt nur noch der Babysitter. Ich vermute mal, dass ihr Valerios Vergangenheit und alles, was damit zu tun hat, nicht passt, deshalb will sie ihn ganz für sich allein haben. Das gefällt mir nicht. Aber ihm das sagen … verlorene Liebesmüh.

»Entschuldige den Kommentar, Vale, ist mir so rausgerutscht. Was kostet die Wohnung denn?«, wechsle ich das Thema, um die Stimmung zu retten.

»800 Euro mit Nebenkosten, ist aber eine schöne Gegend, direkt hinter San Petronio. Wir haben ja auch zwei Gehälter, Sara hat eine gute Arbeit gefunden, und mit ihren 1200 und meinen 1100 haben wir über 2000 Euro im Monat, da können wir uns nicht beklagen. Wir haben uns vorgenommen, jeden Monat mindestens 400 Euro beiseitezulegen, dann haben wir in ein paar Jahren den Grundstock für ein Darlehen. Und dann kaufen wir die Wohnung!«

Tja, wer sich verlobt, hat schon gespart. Zu zweit zu wohnen ist wesentlich billiger, als sich auf eigene Faust etwas zu suchen. Eine Wohnung für sich allein, womöglich noch zur Miete, ist heute praktisch unbezahlbar. Ich habe Freunde in Neapel und Rom und Turin, die sich wahnsinnig abschuften müssen, weil sie mir nichts, dir nichts 1000 Euro los sind, für die Miete oder für die Ratenzahlungen vom Kredit, und dann natürlich für die Nebenkosten. Und was den Kredit angeht, ist es alles andere als klar, dass du überhaupt einen kriegst, wenn du mit deinen Projektverträgen oder einer befristeten Anstellung bei den Banken erscheinst. Leute wie wir sind schnell wieder draußen. Anders als in der Werbung, wo jeder, der sich eine Tür leisten kann, auch schon das Haus hinterhergeschmissen bekommt. Alles Schwachsinn.

»Und mit dir und Eleonora, ist das was Ernstes?«, fragt Valerio.

Mmh, Eleonora. Da stehen die Zeichen ganz auf Ratlosigkeit.

»Vale, das kann ich dir nicht so genau sagen, keine Ahnung. Wenn ich ihre Nähe suche, verschließt sie sich und geht einfach fort, reist irgendwohin, verschwindet. Dann kommt sie zurück und ist die reinste Rossella O'Hara. Tags drauf fängt sie dann mit so komischen Sachen an, dass sie Angst hat, sich zu verlieben, dass sie nicht leiden will und auch mich nicht leiden lassen will und lauter so unausgegorenes Zeug ... kurz, ich weiß nicht, was ich glauben soll. Du kennst sie ja: Karriere, Geld, ein schönes Leben sind alles für sie, auch wenn sie das nicht zugibt. Ihr Partner muss das einfach kapieren und mithalten. Für sie besteht das Leben aus Prominentenshows in der Karibik, Schönheitschirurgen in Cogne und Klatsch und Tratsch aus *Dipiù, Chi* und *Novella 2000.* Dort will sie hin, und sie braucht jemanden, der sie dabei unterstützt. Ich glaube nicht, dass ich das aushalte.«

»Lass dir eines gesagt sein, Cla. Ich kenne Eleonora nicht gut, ich habe sie nur die zwei, drei Male gesehen, die ich dich in Mailand besucht habe. Aber wenn du von ihr sprichst, selbst wenn du über ihre Schwächen sprichst, bekommt deine Stimme einen ganz anderen Klang. Ich schwöre dir, du wirst zur reinsten Nachtigall, du fängst an zu singen. Vergiss nicht, dass so etwas nicht oft passiert ...«

Gut, dass er mich nicht sehen kann, denn ich erröte wie eine verwirrte Dreizehnjährige. Vielleicht hat er recht. Auch Teo sagt immer, dass meine Augen leuchten, wenn ich über Eleonora rede. Leider ist dieses Leuchten in seiner Intensität manchmal nicht auszuhalten.

»Okay, ich denke darüber nach, versprochen.«

»Ich bin nicht deine Mutter, mich kannst du nicht täuschen mit deinen Versprechungen. Als wir in der ersten Klasse waren, hast du mir versprochen, Sandra zu sagen, dass ich mit ihr gehen will, und wen sehe ich am Nachmittag an meinem Haus vorbeikommen, Hand in Hand und immer schön Küsschen auf die Wange?«

Mmpf, was für ein Gedächtnis. Das hatte ich komplett verdrängt. Aber das war nur ein kleiner Zwischenfall, ich verstehe nicht, was er mir damit sagen will.

»Schlag doch nicht so einen Predigerton an, als wärst du Don Giulio. Du redest genau wie er.«

»Nichts da, in der Zeit, die er braucht, um einen Satz zu vollenden, habe ich einen ganzen Vortrag gehalten ...«, sagt er und lacht.

»Das schon ...«, stimme ich zu. »Na ja, ich weiß wirklich nicht, wie das mit Eleonora ausgeht. Wir kennen uns jetzt schon so viele Jahre ... Am Anfang schien es die Liebe des Lebens zu sein, dann hat sich alles in Luft aufgelöst. Erst war da etwas, dann war da plötzlich nichts mehr. Und jeder Neuanfang wird schwieriger. Seit einem Jahr geht das schon so. Drei Tage verrückt vor Liebe, dann zwanzig Tage Funkstille. Ich weiß nicht, wie sie das sieht, aber ich gehe daran kaputt.«

Ich spreche mir alles von der Seele, bewege dabei unwillkürlich den Kopf, die Augen wenden sich vom Monitor ab und bleiben an den Fotos hängen.

Die Fotos.

Sie hängen hinter dem Computertisch an der Korkpinnwand mit dem gelben Holzrahmen und den bunten Stecknadeln. Alle Fotos von Ely habe ich dorthin gehängt: wir beide zusammen vor dem Eiffelturm, sie in sexy Pose für den Unikalender, wir beide im Schwimmbad, eine ihrer

Brustwarzen schaut aus dem Bikinioberteil heraus, wir beide am Tisch bei meinen Eltern daheim auf dem Land. Wir beide (und Ross) ausgestreckt auf meinem Bett hier.

Ich halte es nicht aus, ich bin so verwirrt, dass mir nicht einmal einfällt, wann wir dieses Foto hier auf dem Bett gemacht haben.

Manchmal frage ich mich, was sie überhaupt an mir findet. Andererseits hat sie mir das oft genug klargemacht. »Wir sind zwei entgegengesetzte Pole, die sich wechselseitig anziehen«, sagt sie gerne und klingt dann immer ein bisschen versnobt. Oder möchte versnobt klingen. Wir sind so unterschiedlich, und das fängt schon bei unserer Herkunft an. Die Welt, in die sie hineingeboren wurde, ist chic, bürgerlich. »Authentisch und ungezwungen«, nennt sie wiederum meine Familie. Die mir einfach »normal« vorkommt.

»Oh, Vale, ich mache lieber Schluss, ich beginne zu faseln. Und es ist wirklich Zeit, dass ich ins Bett gehe.«

Ich fertige Valerio schnell ab. Ist ja auch nicht so, dass unser Gespräch so richtig etwas gebracht hätte. Höflichkeiten, Missverständnisse ... Besser wann anders noch mal telefonieren.

Ich mache den PC aus und lege mich in voller Montur ins Bett, Kopf aufs Kopfkissen, Bauch nach unten. Ich lasse mich vollkommen fallen. Mit einer reflexhaften Handbewegung lösche ich das Licht. Nicht einmal die Tür ist geschlossen.

»Sagst du nicht Gute Nacht?«

Teo ruft aus dem Wohnzimmer herüber, er hat vermutlich gesehen, wie das Licht ausging.

»Ross hat einen Zettel für dich hingelegt, den hast du,

glaube ich, noch gar nicht bemerkt!«, informiert er mich. »Als wir heute ein bisschen aneinandergeraten sind, hat sie gesagt, dass sie heute Abend auch spät kommt, dass du aber wach bleiben und auf sie warten sollst. Sie will dir etwas von einem gewissen Franco erzählen, der mal in ihrem Informatikkurs war und mit dem sie mal was hatte, wenn ich das richtig verstanden habe …«

Klar, Franco, dieser Kollege von Alessio. Mal was hatte? Mit dem? Mannomann, bei Ross kann man ja vor gar nichts sicher sein. Da warte ich doch gerne, auch wenn ich noch so müde bin.

»Keine Sorge, Teo, ich schlafe nicht. Ich muss nur einen Augenblick verschnaufen«, versichere ich ihm.

Eleonora bringt meinen Kopf fast zum Platzen, als wäre sie an eine Hochdruckpumpe angeschlossen. Wenn ich zehn wäre, würde ich es mit »Sie liebt mich … sie liebt mich nicht …« versuchen. Oder mit »Ich liebe sie … ich liebe sie nicht …«, so unentschlossen fühle ich mich. Vielleicht ist es ein Geldproblem. Wenn ich mehr Geld und eine sichere und bedeutende Position hätte, wenn ich auf Partys, Gesellschaften, Cocktailempfängen, Vernissagen und Luxusfesten neben ihr repräsentieren könnte, wer weiß, vielleicht würden wir volle Kraft voraus segeln.

Madonna, was mache ich denn da? Ich fange schon an wie sie … Das sind exakt dieselben Phrasen, mit denen sie mich exzessiv quält, wenn es zum üblichen Gezänk, zur üblichen Krise, zum üblichen Geheul kommt.

Nein, es ist kein Geldproblem. Du kannst mich mal! Ein solches Leben ist für mich undenkbar, da könnte ich Milliardär sein. Wenn du mich willst, nimm mich, wie ich bin. Andernfalls sag mir rundheraus, dass du mich nicht willst. Solltest du mich nur wollen, wenn ich so werde wie du, schlag dir die Sache aus dem Kopf.

Vor lauter Nervosität haue ich mit der Faust gegen die Wand. Ich merke gar nicht, was ich da tue. Du kannst mich mal. Du kannst mich mal, Eleonora.

»Du kannst mich mal, Eleonora!« Der Frust lässt die Gedanken zu Worten und die Seufzer zu Schreien werden. Mit einem Ruck setze ich mich auf und hämmere mit den Fäusten auf der Matratze herum: »Du kannst mich mal! Du kannst mich mal, Eleonora! Du kannst mich mal!«

Plötzlich geht das Licht an. Matteo kommt herein und erstarrt. Er steht da, die Hand auf dem Schalter, und glotzt mich an, als hätte er ein Alien gesehen. Oder ein Prädikat auf seinem Abschlusszeugnis. Mit der anderen Hand kratzt er sich im Schritt, als würde er den Familienschmuck polieren.

»Was ist denn hier los, bist du übergeschnappt? Was zum Teufel hat dich denn gepackt?«

»Es ist wegen Eleonora, Blödmann! Ist dir das noch nie passiert, dass du wegen einer Frau außer dir bist?«

Schweigen.

Türschlagen. Ross kommt offensichtlich zurück.

Ich liege vollkommen regungslos, fast wie gelähmt auf dem Bett. Matteo lehnt an der Wand, regungslos, gelähmt. So muss der Moment kurz vor dem Tod sein, jener Augenblick, in dem sich angeblich das ganze Leben noch einmal vor einem abspult wie in einem auf Schnellvorlauf gestellten Film. Tatsächlich erlebe ich – ein Häufchen Elend mit offenem Hemd, aufgeknöpfter Hose und freiem Blick auf orangefarbene Boxershorts – meine ganze Geschichte mit

Ely noch einmal von vorne. Ross erscheint in der Tür und schaut mich an, schaut Teo an.

»Seid ihr zur Salzsäure erstarrt, oder was? Soll das ein afrikanisches Ritual sein?«, fragt sie halb erstaunt, halb befremdet.

Sie weiß von nichts. Sie weiß nicht, dass sich heute Abend mein Leben verändert hat.

6

Regelverstöße

»Cappuccino und Brioche. Cremebrioche. Und den Cappuccino mit Kakao.«

Heute erteile ich die Befehle. Freundlich und mit einem Lächeln auf den Lippen, aber ich erteile Befehle. Zum Teil liegt es sicher an der Krawatte, dass ich mich wie einer dieser ehrgeizigen und erfolgreichen Manager fühle. Von außen betrachtet könnte man mich für einen Fabrikdirektor mit Maisonette im Zentrum und Villa auf Capri halten. Tatsächlich allerdings …

Okay, eine Gehaltserhöhung gab es nicht, und die Enttäuschung nagt immer noch an mir. Aber die Entscheidung, alle Brücken zu Eleonora abzubrechen, hat mir erhebliches Selbstvertrauen zurückgebracht. Ich bin früher als sonst aufgewacht, habe mich fein gemacht (bin schon gespannt auf die Kommentare im Büro) und habe beschlossen, in einer Bar im Zentrum zu frühstücken, auf der Piazza San Carlo am Corso Vittorio Emanuele. Klar, die Leute um mich herum sind alle Direktoren, Manager, Businessleute etc. etc., aber heute verschwende ich gerne 3 Euro (falls das reicht …, ich wittere den gehobenen Tarif von exklusivem Ambiente). Kein Körnerfutter aus der

Tasse, keine H-Milch, kein Pampelmusensaft vom Discounter, keine fertig abgepackten Snacks.

Ein Schulkumpel von mir hat immer in der Bar gefrühstückt, und während wir anderen die erste Stunde ausgemergelt absaßen, war er bestens drauf und weder durch Abfragen noch durch Mädchen aus der Fassung zu bringen.

Klar, jeden Tag könnte ich mir das nicht leisten. Aber von Zeit zu Zeit (und zu einer solchen Gelegenheit!) muss man sich einfach mal eine Belohnung gönnen. Zu allem Überfluss scheint in Mailand auch noch die Sonne. Der Himmel ist klar. Im Winter passiert es nicht oft, dass man die Stadt in ihren vielfältigsten Farben leuchten sieht und das Licht allem, was sich bewegt, einen zusätzlichen Energieschub verpasst. Mir auch. Wie ich immer zu Mama sage: Wir sind eine Familie von Wetterleidern.

Pfeifend verlasse ich die Bar (fast richtig geraten: 3 Euro und 20 Cent für einen Cappuccino und eine Brioche!), spaziere Richtung MRW und kaufe am Kiosk die *Gazzetta dello Sport*. Eine Zeit lang habe ich sie regelmäßig gekauft, um die Artikel über Inter Mailand und Inter Bologna zu lesen – mein Tifosi-Herz war immer in der Mitte entzweigerissen –, mittlerweile schaue ich kurz auf die Schlagzeilen im Internet, und das war's. Das ist viel aktueller und bequemer. Aber heute ist der Tag der Regelverstöße, und ich gönne mir auch das.

Noch ein Regelverstoß: kein Fahrstuhl, heute steige ich die Treppe hoch. Vier Etagen, und ich bin in der fantastischen Welt der Marketingstrategen. Flüchtige Grüße, Kommentare aus dem Hintergrund zu meiner Krawatte – »Was für ein Hübscher unser Claudio heute doch ist«, ertönt es von einem Mädel aus dem Vertriebsbüro, die wie Renée Zellweger in *Bridget Jones* spricht –, und endlich erreiche ich meinen Schreibtisch.

Das Frühstück in der Bar hat seine Wirkung getan, ich bin ungeheuer konstruktiv. Ich studiere neue Werbestrategien für Ka-Ty und tanze wild zwischen meinem Mac und dem Videoprojektor hin und her, bis Gloria mir Zeichen gibt, dass Stefania in ihrem Büro ist und an die Decke gehen könnte. Aber wen stört das! Auch wenn es sich weder in Worten noch sonstwie ausdrückt, gefällt mir, was Angelica damals im Zug nach Malpensa gesagt hat: Mark vertraut mir. Ich fühle mich irgendwie ruhiger seither, vielleicht sogar wichtiger.

Ich habe mit Eleonora Schluss gemacht, das gibt mir Kraft und das Gefühl, ein toller Hecht zu sein. Breite Schultern, geschwollene Brust, hoch erhobener Kopf. Ich bin einer, auf den es ankommt!

»Claudio, dein Handy klingelt ...«

Daniele ruft mich in die Welt zurück. Ich hatte wie immer den Kopf ganz woanders.

Anruf weg, Nummer unterdrückt. Wird sich schon wieder melden.

Wenige Sekunden später beginnt der Klingelton von meinem Prodigy zu nerven. Wieder Nummer unterdrückt.

»Hallo! Wer ist denn da?«, melde ich mich ein wenig aggressiv. Anrufe mit unterdrückter Nummer versetzen mich immer latent in Panik.

»Ciao, Schatz, ich bin's! Hast du das nicht an der Nummer erkannt?«

Eleonora.

»Mist, ich habe das neue Handy genommen, sag nicht,

dass die Nummer unterdrückt ist! Wie geht es dir? Weißt du was, ich habe dir deinen Fauxpas verziehen! Und heute Mittag habe ich Zeit, um mit dir essen zu gehen. Ich bin Punkt eins vor deinem Büro, du kannst mir etwas Besonderes spendieren und dann ... Glücklich?«

Dreißig Sekunden totale Finsternis – so lange hat ihr Atem gereicht, um sie ohne jede Unterbrechung ihren Part aufsagen zu lassen. Wenn sie anruft, ist es immer so: Sie fragt und antwortet gleich selbst, sie organisiert, entscheidet, zerschneidet und flickt alles alleine. Immerhin wartet sie auf ein Lebenszeichen von mir, bevor sie einhängt.

Ich sage nichts.

»Schatz, was ist? Hat dir die Überraschung die Sprache verschlagen? Also, wir sehen uns um eins, okay? Bis später, Schlumpfi.«

Schlumpfi. So hat sie mich schon eine ganze Weile nicht mehr genannt. Anfangs hatte sie mich damit auf den Arm genommen: »Jetzt bist du noch ein Schlumpf, aber eines Tages wirst du ein *Großer* Schlumpf sein«, hatte sie mit feierlichem Ernst dem Studenten aus der Emilia verkündet, mit dem sie sich bald verloben würde. Dann war der Name in die Comic-Sprache eingegangen, die sich bei jedem Paar routinemäßig einstellt: immer ein gutes Zeichen, wenn sie noch in Gebrauch ist.

Nur dass ich heute hätte antworten sollen (antworten *müssen?*): »Nein, sorry, nichts mit Mittagessen, weil ich mit dir Schluss gemacht habe.« Denn ich habe mit ihr Schluss gemacht. Leider weiß sie nichts davon. Ich habe entschieden, dass ich nichts mehr von ihr wissen will, aber ich habe es ihr noch nicht gesagt. Mir hat einfach die Zeit gefehlt. Oder richtiger: Mir hat der Mumm gefehlt.

Himmel hilf, ich werde schon ganz traurig.

Nein. Der Tag heute ist viel zu schön, um mich zu echauffieren. So habe ich es beschlossen, und so soll es sein. Und vielleicht sollte ich das einfach nutzen: Ich gehe mit Eleonora essen, sage ihr, dass Schluss ist, kehre zurück ins Büro und ziehe meines Wegs.

»Du bist so elegant. Sag bloß ... hast du etwa eine Gehaltserhöhung bekommen? Bravo, Schatz, siehst du, wie gut das läuft?«

Sie gibt mir einen Kuss, lächelt, nimmt meinen Arm und zieht mich mit sich fort. Wir spazieren gemeinsam in Richtung Zentrum, als wäre nichts geschehen. Als stünde zwischen uns alles zum Besten.

»Also, wohin führst du mich zum Essen aus?«

Also, wohin führe ich sie aus? Ich habe nicht eine Minute darüber nachdenken können. Soll sie doch entscheiden. Sie hat den erleseneren Geschmack.

»Weiß nicht. Normalerweise hole ich mir ein Stück Pizza auf die Hand.« Das sind die ersten Worte, die ich sage, seit sie mich auf dem Handy angerufen hat. Wahrhaft denkwürdig, da gibt es nichts.

»Iiiih, bist du wahnsinnig? Willst du mich vergiften mit diesem amerikanischen Gummizeugs? Du solltest auch mal darauf achten, was du isst, Schatz, sonst kannst du dir das Fitnessstudio gleich schenken.«

Ich hatte nicht daran gezweifelt, dass sie so auf meinen Vorschlag reagieren würde.

»Also, wohin könnten wir gehen? In die Bar hier nicht, da kostet ein Brötchen 5 Euro. Ich wage gar nicht, an alles andere zu denken. McDonald's oder Burger King?«

»Claudio, ich werde dich bestimmt nicht heiraten, wenn du weiterhin solche Stätten aufsuchst ... Was soll denn meine Mutter von mir denken? Und was soll meine Mutter von *dir* denken?«, witzelt sie halb ironisch, halb ernst.

»Okay, kurzer Prozess, lass uns zur Vecchia Trattoria gehen«, schlage ich in einem Anflug von Stolz vor, um die Situation zu retten. »Dort gibt es Brötchen und kleine Gerichte, alles ganz gut, ohne dass man sich dumm und dämlich bezahlt.«

»Wenn du dir Mühe gibst, bist du ein wahres Genie, weißt du das?«, sagt sie und küsst mich auf die Stirn.

Heute spinnt Eleonora. Sie spinnt wirklich.

Wir setzen uns und schauen uns stumm an, beseelt von offensichtlich ganz entgegengesetzten Gefühlen, die sich aber identisch ausdrücken: Sie ist glücklich, mit mir zusammen zu sein. Ich bin entschlossen, für immer Schluss zu machen.

Die Kellnerin rettet die Situation.

»Für mich die *Bavette con pomodoro e basilico«,* erkläre ich hastig und wähle das billigste Gericht von der Karte.

»Und Sie?«, drängt die Kellnerin Eleonora.

Ich sehe, wie Eleonora in Überschallgeschwindigkeit die Karte überfliegt, um etwas nach ihrem Geschmack zu finden.

»Für mich das Gleiche.«

»Zu trinken?«

»Zwei Gläser von dem Dolcetto«, sagt Eleonora, »und einen halben Liter Mineralwasser.«

Vielleicht hilft mir der Wein (der hier ziemlich gut ist, auch wenn sie dir 1 Euro 50 für ein kleines Glas abknöpfen). Und die Prozente bleiben nicht ohne Wirkung.

Eleonora steigt die Röte ins Gesicht, während sie abwechselnd mich und die Bavette anschaut und offensichtlich nicht weiß, ob sie etwas sagen soll, ob sie *mich* bitten soll, etwas zu sagen, oder ob sie einfach schweigen soll, um diesen Moment zu genießen. Ich nutze die Gelegenheit, atme erst einmal tief durch, nachdem ich mich den ganzen Tag abgehetzt habe, und schaue in der Gegend herum. Junge Leute sucht man hier vergebens, wenn man die drei Typen von höchstens achtzehn, die aus unerfindlichen Gründen in diesem Lokal gelandet sind, mal beiseitelässt. Ansonsten sieht man nur Manager, Angestellte und Journalisten so um die vierzig, fünfundvierzig aufwärts. Ein bisschen zu geschniegelt, die Klientel, aber sonst gefällt es mir hier. Einfacher Raum, familiäre Atmosphäre, und wenn die Besitzerin die Bestellung aufnimmt – eine bodenständige Matrone von etwa sechzig, die sich als waschechte Mailänderin ausgibt, obwohl man ganz klar ihren südlichen Akzent hört –, fühlt man sich glatt wie zu Hause. »Was dürfen wir dem jungen Mann denn heute bringen?«, oder: »Nur eine Pasta? Na, Sie müssen aber noch wachsen, mein Herr, ein Dessert verdirbt Ihnen schon nicht die Linie!«, oder: »Darf ich Ihnen noch einen Kaffee anbieten? Damit Sie im Büro schön wach und auf Zack sind … Sie werden sehen, dann klappt das auch mit der Beförderung!« Das sind die drei bevorzugten Schlachtrufe von Maria. Von Mariä Himmelfahrt, wie ich sie getauft habe, als ich mit Mark zum ersten Mal meinen Fuß in diesen Laden gesetzt habe. Ich höre sie gerne reden, schon allein deshalb, weil sie den lombardischen Akzent so herrlich nachzuahmen versucht und trotzdem nicht im Geringsten wie eine Mailänderin wirkt. Wenn ich mir 10, 12 Euro für ein Mittagessen leisten könnte, würde ich öfter herkommen.

Wir haben uns die Bavette in Höchstgeschwindigkeit einverleibt, so hungrig waren wir, und so köstlich waren sie, und es ist kaum ein Wort gefallen.

Eleonora bricht schließlich das Schweigen. »Sollen wir den Kaffee sofort nehmen? Ich hätte Lust auf einen kleinen Spaziergang ... Wie viel Zeit hast du noch?«

Ich schaue auf die Uhr: 13:31.

»Eine halbe Stunde noch.«

Eigentlich wäre ich lieber sitzen geblieben, um ihr zu sagen, dass ich mit ihr Schluss machen will. Weil wir zu verschieden sind, weil ich Angst vor ihren Urteilen habe, weil die Liebe etwas Ernstes ist und kein ewiges Hin und Her. Aber eh ich's mich versehe, sind wir draußen.

Kommt mir komisch vor, dieses lange Schweigen, als hätte sie genug von mir. Während wir zurück in Richtung Zentrum laufen, denke ich einen kurzen Augenblick sogar, sie habe sich vielleicht verändert. Sie habe vielleicht kapiert, dass Gefühle das Wichtigste sind, dass »zwei Herzen, eine Hütte« keineswegs eine veraltete Idee ist, dass Statussymbole nichts bedeuten.

»Hey, Claudio. Hast du eigentlich meine Tasche nicht bemerkt? Gucci! Und mein neues Handy? Schau mal. Der letzte Schrei von Nokia, eine echte Rarität. Wenn du in Italien so eins haben willst, musst du mindestens zwei Monate warten. Ein Freund meines Vaters hat es mir mitgebracht.«

Jäher Einbruch der Realität. Nein, sie hat sich nicht verändert.

Vornehme Familie, Feste und Festchen, Vernissagen

und Cocktailpartys, Händeschütteln, falsches Lächeln nach rechts, falsches Lächeln nach links. Das sind Eleonoras Kreise, die besseren Kreise von Mailand, die gehobene Gesellschaft von Fabrikbesitzern, global agierenden Geschäftemachern, pseudointellektuellen Spießbürgern. Sie spielt in diesen Kreisen mit, in denen sie mich unterbringen will. Und wenn ich, da bin ich mir sicher, »einer von ihnen« geworden bin, lässt sie mich fallen.

Andererseits verstehe ich nicht, warum sie nicht einen von diesen aalglatten Schönlingen nimmt, die ihre Mutter und ihre Freundinnen Tag für Tag für sie anschleppen, als betrieben sie eine Heiratsagentur.

So sind sie halt, die Mailänder: Sie nehmen dich, sie verändern dich, sie lassen dich sitzen.

Mit *mir* nicht.

»Ely …«

»Pscht, sag nichts! Heute möchte ich einfach ein bisschen mit dir zusammen sein. Nächstes Wochenende habe ich nichts vor, wir werden zwei Tage ganz für uns haben. Du erzählst mir von der Arbeit, wir sprechen über uns und planen einen gemeinsamen Urlaub, na? Was sagst du?«

Sie verschließt mir den Mund mit einem Kuss. Ein Kuss mit dem doppelten Beigeschmack von Freiheit und Gefängnis. Ich weiß genau, dass sich für den Rest des Nachmittags jeder Gedanke erübrigt hat, so stark ist dieser Eindruck, diese Wärme, diese überschäumende und lästige Lust.

Freiheit empfinde ich, weil es leicht zu entscheiden war, dass ich nichts mehr mit ihr zu tun haben will, aber als sie dann vor mir saß, war nichts mehr so, wie ich es ursprünglich gedacht, überdacht und entschieden hatte. Die

Vernunft pfeift auf dich, und es kommt die Verführung ins Spiel, die Gefühle, die Sinne, die Sentimentalitäten. Das Herz. Und mein Herz sagt mir: »Eleonora liebt dich.«

Gefangen fühle ich mich, weil ich ihr das ganze Essen über sagen wollte, dass ich Schluss mache. Aber ich habe das entscheidende Gespräch nicht nur nicht eingeleitet, sondern als sie mich geküsst hat, habe ich mich gehen lassen und sie mit aller Kraft an mich gedrückt.

Jetzt müssen wir uns verabschieden. Von neuem bin ich Gefangener einer sinnlosen Liebe: unerklärlich, aber unzerstörbar.

»Zwei … verdammter Mist! Okay, wäre auch zu schön gewesen«, rufe ich laut aus, als ich im Internet die Lottozahlen abfrage, die gerade gezogen wurden. Mein »positiver Tag«, der mit Krawatte und Frühstück in einer Bar begonnen hatte, ist offensichtlich vorbei.

Zwei Richtige. Knapp an einem Gewinn von wenigstens 47 Euro vorbei.

»Was ist los?«, ruft Rossella aus ihrem Zimmer.

»Nichts, nichts. Ich hatte nur gedacht, dass heute mein großer Glückstag sei …«, antworte ich laut.

Zwei. Als sollte mir das was sagen: »Schau, du musst es noch mal versuchen. Das nächste Mal wird es besser laufen, glaube mir …« Lieber nicht, lieber der Sache gleich einen Riegel vorschieben. Aber zwei. Im Superlotto …

Ich möchte nicht, dass mir die Sache entgleitet, aber wo es sich so gut anlässt, versuche ich es noch einmal. Ein Euro heißt, auf einen Kaffee zu verzichten. Man verspielt schließlich nicht seine letzte Unterhose.

7

Man muss sich etwas einfallen lassen

Sorry, aber ... hast du keine Angst, dass sie dich schnappen? Diese CDs sind gerade erst rausgekommen!«

Ross. Wie immer ist sie ohne zu klopfen in mein Zimmer getreten – einmal hat sie mich vollkommen nackt auf dem Bett erwischt – und hat auf dem Bildschirm eine Reihe von Files gesehen, die mit eMule verbunden sind und auf den Download warten.

»Ich soll also deiner Meinung nach 20 Euro für eine eingeschweißte CD ausgeben? Das ist doch nicht wie im Supermarkt. Wenn eine CD zum Davonlaufen ist, kannst du sie ja wohl kaum zurückbringen und gegen eine andere eintauschen.«

»Kapiere schon, aber in den Zeitschriften lese ich immer wieder, dass wegen Piraterie Strafen verhängt und Geräte konfisziert werden. Ich hoffe nicht, dass wir uns Probleme ins Haus holen.«

Ach ja, klar, das Zauberwort lautet »Piraterie«. Aber verdammt, einen Song oder ein Video runterzuladen ist *keine* Piraterie. Piraterie ist, wenn man etwas runterlädt, um es heimlich weiterzuverkaufen, nicht, wenn man etwas aus dem Netz holt und reinschaut, um was es sich so handelt, und dann das Original kauft oder das Ganze in den Papierkorb verschiebt. Da möchte ich mich auf gar keine Diskussion einlassen.

»Und wenn schon. Sollen sie mich doch verhaften! Ich würde keinen Anwalt nehmen und mich selbst verteidigen. Die Stunde kann ich kaum erwarten, in der ich öffentlich verkünden darf, was ich von diesen Idioten von Plattenmachern halte, die einem 22 Euro für eine Scheiß-CD mit 35 Minuten Spielzeit abknöpfen!«

Ross schaut mich mit großen Augen an, aber ich merke, dass sie heimlich grinsen muss. Immer wenn ich mich so aufführe, sieht sie mich schon irgendwann im Fernsehen sitzen, wo ich als selbst ernannter Fernsehexperte (noch so ein toller Job wie Plattenmacher) große Reden schwinge, während sie denkt: »Den kenn ich! Wir haben mal zusammengewohnt.« Davon abgesehen habe ich das Gefühl, dass sie das Thema nicht besonders reizt. Aber jetzt bin ich in Fahrt und will das Ganze zu Ende bringen. Im schlimmsten Fall ist es die Generalprobe für meinen Prozess.

»Und dann, entschuldige mal, wo soll ich denn nach Meinung der durchgeknallten Antipirateriekämpfer hinmarschieren und die Songs kaufen, die gar nicht im Handel erhältlich sind? Wende dich doch mal an die Information eines beliebigen CD-Geschäfts und frage, ob sie die CDs von Rondo Veneziano oder die Singles von Sabrina Salerno haben oder andere Sachen, von denen du so begeistert bist, dass du dir eine komplette Sammlung anlegen willst. Du wirst sehen, sie lachen dir ins Gesicht!«

»Aber warum sagt man dann, es sei verboten, sich Sachen aus dem Internet herunterzuladen?«, schneidet Ross mir das Wort ab.

»Weil sie es rechtfertigen müssen, dass sie keine CDs mehr verkaufen. Die stehen kurz vor der Pleite, weil sie Milliarden für unfähige Produzenten ausgeben, deren Ideen keinen Cent wert sind. Verstehst du?«

Ich spüre, wie mir eine merkwürdige Hitze in den Kopf steigt. Ein Blick in den Spiegel bringt die Bestätigung: Mein Gesicht ist puterrot. Vielleicht sollte ich mir etwas Ruhe gönnen, zumal es schon nach neun ist und möglicherweise die Internetspitzel bald vorbeischauen, von meinen Nachbarn alarmiert.

»Okay, lass es gut sein. Ich lade mir die Songs aus dem Internet runter, und wenn mir etwas gefällt, kaufe ich das Original, wenn nicht, weg damit. Für mich ist da nichts Verwerfliches dran. Soll aber doch jeder davon halten, was er mag. Wolltest du sonst noch was?«

Auf Rossellas Gesicht erscheint wieder ein Lächeln. Auf meinem die gewöhnliche Gesichtsfarbe.

Wir sind alleine zu Hause und können nach Herzenslust rumblödeln, ein Abend mit einem Entspannungsfaktor von hundert Prozent. Alessio ist wohl ins Kino gegangen (mittwochs sind die Karten billiger), und Teo wird mit irgendeinem Mädel unterwegs sein.

Ich habe Ross erzählt, dass aus der Gehaltserhöhung nichts geworden ist, aber sie hat mich in gewohnt gekonnter Manier davon überzeugt, dass die Situation nicht so dramatisch ist, dass ich irgendwann schon eine Gehaltserhöhung bekomme und auch einen unbefristeten Vertrag. Sie flößt mir Vertrauen ein und schafft es, dass ich die Zukunft nicht ganz so schwarzsehe.

Nur von Franco ist nicht mehr die Rede. »Glaub mir, den kannst du vergessen!«, hat sie mich unterbrochen, als ich auf das Thema zu sprechen kommen wollte.

Während ich über die Ereignisse der letzten Tage nachdenke (Eleonora ist immer noch nicht abgehakt, und ich will Ross nicht schon wieder mit dieser Geschichte belämmern und ihr die Sache mit dem Mittagessen und dem möglichen Wochenende erzählen), beginnt Ross zu sprechen.

»Cla, ich denke schon den ganzen Tag über etwas nach und würde gerne wissen, was du davon hältst ... Heute Morgen war ich allein zu Hause, und ich weiß nicht, was mich geritten hat, aber ich habe mal nachgerechnet, was ich diesen Monat so verdient habe. Ergebnis: Es beläuft sich auf magere 700 Euro. Geheult habe ich nicht direkt, aber viel hat nicht gefehlt ...«

Ich habe Ross noch nie weinen sehen. Nie. Nicht einmal, als sie sieben Stunden alleine in einem Fahrstuhl feststeckt und ein Bewerbungsgespräch verpasst hat. Nicht einmal, als sie einer Freundin sieben durchwachte Nächte lang geholfen hat, deren Abschlussarbeit zu schreiben, und sich anschließend von derselben Freundin vorwerfen lassen musste, dass nur zwei Punkte dabei herausgekommen waren. Nicht einmal bei der Beerdigung ihres Vaters. Nie. Aber es gibt Dinge, die schlimmer sind als die gewöhnlichen Unglücke, Demütigungen und verletzten Gefühle und die, so merkwürdig das klingen mag, Saiten ganz tief in den Menschen berühren.

Die Bezahlung. Oder besser, die Nichtbezahlung.

»Ja, Ross, das glaube ich ...«

»Ich weiß. Deswegen rede ich ja auch mit dir und nicht mit jemand anderem.«

Rossella reibt mit der Hand über ihre Leinenhose, die ihr der Besitzer eines Fair-Trade-Ladens mal geschenkt hat, weil sie einen Nachmittag lang für die Verkäuferin eingesprungen ist. Ich weiß nicht, ob sie so aufgeregt ist wegen dem, was sie sagen will, oder ob das mit der besonderen Anziehung zu tun hat, die sich in solchen Momenten zwischen uns einstellt und die in Filmen oder Romanen unweigerlich in eine Nacht wilder Leidenschaften münden würde, mit allen Konsequenzen. »Wie konnte es nur so weit kommen mit uns?«, so in der Art. Tatsächlich denke ich nicht zum ersten Mal, Rossella könnte vielleicht in mich verliebt sein …

Ach, Schwachsinn. Besser gar nicht darüber nachdenken.

»Und mit dem Babysitten, kannst du das nicht noch ein bisschen aufstocken? Du bist doch ohnehin abends mehr weg als zu Hause.«

Ich versuche, unbekümmert, aber nicht zu forsch zu klingen, um sie etwas aufzumuntern.

»Genau darum geht es. Ich fürchte, dass diese Babysitterei immer mehr zu meiner Arbeit wird, nicht bloß ein kleiner Zuverdienst zum Aufstocken. Mit sechsundzwanzig und einem Abschluss in Kommunikationswissenschaften ist es ja wohl ein bisschen vorschnell, sich als professioneller Babysitter zu etablieren, was meinst du?«

»Ich meine, dass du etwas Besseres verdient hast.«

»Abgesehen vom Babysitting in der letzten Woche habe ich diesen Monat vier Computerstunden an der Senioren-universität gegeben und vier Stunden an der Informatikschule für Kinder, ich habe fünf Übersetzungen für diesen Typen von der Uni gemacht, der Deutsch lernt, drei Tage war diese Flugblattaktion, und dann habe ich die Fahnen vom Buch meines Professors korrigiert. Das war es. Cla, ich habe den Eindruck, dass wir uns etwas einfallen lassen müssen.«

Rossella hält mir eine detaillierte Tabelle ihrer Einkünfte und Ausgaben unter die Nase, und das Erste, was mir ins Auge sticht, ist die scheußliche Dominanz der Farbe Rot.

»Du bist das Marketinggenie, hilf mir doch mal, meinen Lebenslauf zu frisieren. Ab morgen schicke ich ihn dann an jede nur erdenkliche Adresse, die ich im Internet finden kann!«

Ihre Stimme hat sich plötzlich verwandelt, statt nach dumpfem Lila klingt sie nun nach schrillem Gelb. Ihre Verlegenheit zuvor betraf offenbar eher den Umstand, dass sie bestimmte Dinge *mit mir* besprechen wollte, und nicht, ob sie überhaupt über diese Dinge sprechen wollte. Nach den anfänglichen Umständlichkeiten ist sie wieder ganz der alte Bulldozer.

Sie holt Marks USB-Stick aus der Tasche (er hat sich offenbar einen neuen gekauft, ein etwas stilvolleres Modell, das er genauso wenig benutzen wird wie das alte) und legt ihn auf meinen Schreibtisch. »Zieh dir eine Kopie von *curri.doc* und sag mir, was ich falsch mache.«

Ich kopiere die Datei auf meinen PC, öffne sie und kann mir das Lachen kaum verkneifen. Einen solchen Lebenslauf habe ich noch nie gesehen.

»Tjaaa, äääh, mmmh … wie soll ich … saaagen?«, quetsche ich hervor, nasal und schleppend wie diese frustrierten Sekretärinnen aus amerikanischen Komödien. »Signoriiina, das hier ist ein Aaarbeitsamt … Sie müssen sich an die Abteilung Psychiatriiie wenden, zweite Tür liihinks!«

Auch Rossella bricht in Lachen aus. Ich bin erleichtert, sie nimmt es mir nicht übel. Sie ist die selbstironischste Person, die ich kenne, aber in manchen Dingen ist sie einfach nicht ansprechbar.

»Hey, du Spinner! Sag mir, was ich falsch mache und warum mich kein Schwein will.«

»Ross, verdammt, was hast du getan, bevor du das hier geschrieben hast?«

»Wieso? Gefällt es dir nicht?«

»Times New Roman, 10 Punkt! Die Absätze reichen fast bis an den Rand, und das bei einfachem Zeilenabstand. Die Wörter sind ununterscheidbar aneinandergehängt wie in einem Lautgedicht, hier und da ein paar halbfette Einsprengsel als einziges Zugeständnis an die Idee von ›Seitengestaltung‹. Ross, mit dem Ding bekommst du bestenfalls einen Job als Kassiererin. Und dann, und dann …«

»Wo ist denn das Problem? Bei der Zeitarbeitsagentur gab es Leute, die haben ihre Bewerbung mit Kugelschreiber auf Einpackpapier geschrieben …«

»Verstehe, aber das hier ist der Supergau, kein Lebenslauf! Von jemandem, der sich mit Computern auskennt, würde man etwas anderes erwarten.«

»Ich schwöre, dass ich alle einschlägigen Bücher bei Feltrinelli danach durchgeblättert habe, wie man einen Lebenslauf schreibt. Ich habe mir das nicht selbst ausgedacht.«

Das Bild gefällt mir. Rossella betritt leicht abgerissen wie ein Punk (so sieht sie nämlich aus, wenn sie schlecht gelaunt aufwacht) den Buchladen von Feltrinelli, begibt sich zum Regal »Business und Arbeit« und wühlt sich durch alle Ratgeber zum Thema Bewerbung hindurch, während sie von den Leuten angepöbelt wird: »Was will die denn hier, wie die schon aussieht, so eine findet doch sowieso keinen Job.« Und das, wo Ross eine der intelligentesten und motiviertesten Personen ist, die ich kenne.

»Punkt eins: Wollen wir deinem Lebenslauf nicht eine klitzekleine persönliche Note geben? Ein Lebenslauf muss etwas von dir widerspiegeln, er ist dein Ich, projiziert in die Arbeitswelt. Derjenige, der ihn liest, muss draufschauen und sehen, dass du dahintersteckst, du und nur du.«

»Himmel hilf, Mr. Marketing, bin schon abgehängt … Kann man das auch einfacher ausdrücken?«

Da hat sie nicht ganz unrecht. Die drei Monate, die ich bei Risorse Umane dell'EuroT gearbeitet habe – das war, nichts für ungut, eine ziemlich unbedeutende pseudointernationale Unternehmensberatung –, wurde mein Hirn mit solchem Motivationsschwachsinn vollgestopft, und sogar jetzt noch stelle ich manchmal fest, dass sich die Relikte nicht komplett aus meinem Unterbewusstsein haben löschen lassen. Ich weiß auch, genauso wie Rossella, dass man einen Job nicht durch einen schnellen Blick von jemandem auf ein lumpiges Blatt Papier bekommt, und egal, auf was für ein Papier man seinen Lebenslauf schreibt, bleibt schließlich doch alles beim Alten. Am Ende

1) findet man Arbeit durch Beziehungen und nicht durch Lebensläufe;

2) bewertet dich jeder Zuständige nach seinen eigenen Kriterien, und ein Lebenslauf, der den einen anspricht, ist für den anderen indiskutabel. Auch wenn ein Minimum an »Stil«, um es mal so zu sagen, allgemein geschätzt wird.

»Ja, sorry. Ich wollte sagen: Versuch, eine persönliche Note reinzukriegen, und nutze ansonsten die Standardformate von Word.«

»Kapiert.«

»Punkt zwei: Mach deine Erfahrungen und deine Fähigkeiten stark, verdammt. Niemanden interessiert, dass du auf ein dreijähriges Kind aufpasst. Und wenn du von deinen Messeerfahrungen schreibst, lass es nicht so klingen, als hättest du den Stand aufgebaut. Keine Ahnung, schreibe, dass du dich um PR-Geschichten kümmerst, Kunden berätst, irgendetwas wie ›Ich habe ein gehobenes und anspruchsvolles Publikum aus aller Welt betreut‹. Setze einen drauf, tu so, als wäre das die superinteressanteste Sache der Welt. Auch wenn dir beim bloßen Gedanken daran das Gruseln kommt …«

»Eine Art Werbebotschaft also … mmh, ist das nicht ein bisschen dick aufgetragen?«

»Hast du eine Vorstellung davon, was für Käse sich die anderen ausdenken! Es gibt Leute, die schreiben: ›Beherrschung folgender Betriebssysteme: *alle*‹ oder ›Berufserfahrung: *erfolgreiche Mitarbeit in den allerverschiedensten Bereichen*‹. Der Lebenslauf muss zu erkennen geben, dass du etwas taugst, über Erfahrungen verfügst und zu diesem speziellen Zeitpunkt genau die richtige Person am richtigen Platz bist.«

Rossella fängt herzhaft an zu lachen. Ich glaube, dass sie es einfach nicht schafft, den Schmetterling aus dieser etwas versponnenen Puppe zu befreien.

»Du darfst natürlich nichts erfinden, sonst stehst du am Ende ziemlich blöd da, wenn man das rauskriegt. Du musst dich nur besser verkaufen, Baby.«

»Also?«

»Also erläuterst du, je nachdem, wem du den Lebenslauf schickst, was deine besonderen Interessen und deine besonderen Fähigkeiten sind und warum sie dich als die ideale Besetzung für den speziellen Posten qualifizieren. Und lass es vor allem so aussehen, als würdest du daran glauben. Es darf nicht so wirken, als hättest du dir schnell drei Phrasen aus dem Internet runtergeladen. Ach, und eine letzte Sache: Schreib, dass du auch an Praktika und befristeten Verträgen interessiert bist, denn wie das heute so läuft, hast du dann mit Sicherheit die Sympathien auf deiner Seite.«

»Okay, Herr Doktor, alles klar. Was schulde ich Ihnen?«

»Dieses eine Mal geht auf die Firma, das sollte aber nicht zur Gewohnheit werden.«

»Pah, ich werde Führungskraft und verdiene zehntausend im Monat, da werde ich Sie nicht mehr belämmern müssen!«

Rossella lächelt, schnappt sich den Stick und verlässt mit wild entschlossener Miene mein Zimmer. Zehn Sekunden später steht sie wieder in der Tür.

»Ach, Herr Doktor, ich habe etwas vergessen: Gute Nacht. Und Vorsicht vor der Polizei!«

Wie ich sie kenne, wird sie wohl die ganze Nacht damit zubringen, ihren Lebenslauf umzuschreiben, und ihn mir dann so hinlegen, dass ich ihn morgen früh beim Aufwachen vor meiner Tür finde. So ist sie halt. Wenn sie sich etwas in den Kopf gesetzt hat, hält sie auch Kanonendonner nicht von der Umsetzung ab. Und ihr Adrenalinpegel ist vermutlich auch zu hoch, als dass sie jetzt schlafen könnte.

700 Euro im Monat. Was zum Teufel wissen die Politiker schon, die sich mit peinlichen Parolen aus der Affäre ziehen – »Wir müssen in die Jugend investieren« oder »Die Jugend ist unsere Zukunft« – und selber zwanzigtausend im Monat verdienen und sich auch mit neunzig noch nicht von ihren Amtssesseln kratzen lassen. Leute wie Rossella dagegen vegetieren mit einem Hungerlohn vor sich hin.

Nicht dass es bei mir besser wäre. Meine Situation ist ebenfalls prekär, der Lohn bleibt, wie er ist, und die Zukunft ist alles andere als gesichert. Miete, Rechnungen, Einkäufe, Reparaturkosten, unvorhergesehene Ausgaben, Steuern ... mit all diesen Dingen muss ich mich jeden lieben Tag herumschlagen. Sie verschlingen bis zum letzten Cent die wenigen Euros, die ich verdiene, und hinterlassen eine große Lücke dort, wo es jeden Dreißigjährigen hinzieht: Spaß haben!

Das ist nicht fair.

Rossella hat recht. Man muss sich tatsächlich etwas einfallen lassen ...

8

Flexibilität

<Paolo79> Erinnerst du dich, nächste Woche Inter-Bologna vs S.Siro?

<Cla1000> No panic: Steht rot im Kalender.

<Paolo79> Also, kommst du?

Wenn ich mit Paolo chatte, kann ich mich darauf verlassen, dass Stefania zu Mark rennt und ihn bittet, meinen Computer zu kontrollieren und die Konfigurationen für meinen Netzzugang zu ändern, weil sonst angeblich die Gefahr von »Datenverlust« besteht. Wenn aber Gloria ihre gesamte Kaffeepause mit ihrer Tochter vertelefoniert (was sie praktisch täglich tut: »Nur um mich zu vergewissern, dass alles in Ordnung ist, nicht um sie schon mit sechs Jahren handysüchtig zu machen«), sehe ich nicht ein, warum ich nicht drei Sätze mit Paolo wechseln sollte. Ist doch Stefanias Problem, wenn Mark ihr immer noch nicht verziehen hat, dass sie Paolo hat laufen lassen.

Vor sechs Monaten hat er nämlich noch hier gearbeitet, als Werbefachmann. Statt die Entwicklung von Plakaten, Handzetteln, Promos, Jingles und Videoclips an andere Firmen zu vergeben, wollten Mark und Gerardo Conti, der Supermegadirektor unserer Niederlassung, eine eigene Kreativabteilung aufbauen, und dazu hatten sie probeweise ein paar Leute eingestellt, bis man die Idee entweder vollständig umsetzen oder ad acta legen würde. Die Absicht dahinter war, Zeit und Geld zu sparen, weil man die technischen und kreativen Prozesse der verschiedenen Projekte aus größerer Nähe würde betreuen können. Man wollte logischerweise, dass die Neuen schnell, dynamisch, initiativ und das übliche Blablabla in einem solchen Fall waren, aber nicht als die klassische Ansammlung von spritzigen, anmaßenden und unzuverlässigen Superstars auftraten – das übliche Blablabla in einem solchen Fall.

Paolo war nach vier Auswahlgesprächen genommen worden, hat er mir erzählt. Von neununddreißig Bewerbern.

Für mich ist er ein wahres Computergenie, ein explosives Superhirn, genau der richtige Mann für den Posten. Er kann vielleicht keinen Apfel schälen oder keinen Fahrradreifen aufpumpen, aber mit einer Maus in der Hand und dem Hirn auf Hochtouren ist er die absolute Nummer eins. Und Mark und Conti waren hochzufrieden mit ihm, nicht zuletzt wegen des Spots für Vi-Bra – und ein Produkt mit einem solchen Scheißnamen anpreisen zu müssen kann nur als erschwerte Bedingung gelten –, der im Fernsehen und im Internet gezeigt wurde und den Verkauf in kaum zwei Monaten um einhundertfünfzehn Prozent steigern konnte.

Stefania allerdings, die in ihrer einsamen Blödheit niemanden leiden kann, den ihre Chefs schätzen, weil sie immer Konkurrenz wittert, hat eine gemeingefährliche Mobbingkampagne gegen Paolo gestartet und ihn schließlich aus der Firma rausgeekelt. Nicht dass ihm das geschadet hätte. Er hat seinen Vater als Bürgen für ein kleines Darlehen eingesetzt (sonst wäre es wie immer verlaufen: Ohne festen Job gewähren sie dir nie im Leben ein Darlehen) und hat ein kleines Büro eröffnet. Ganz nebenbei verdient er jetzt schon mehr als hier. Aber irgendwo rausgemobbt zu werden ist nie eine berückende Erfahrung.

<Paolo79> He, wo bist du? Hat dich die Kuh geärgert???

<Cla1000> Negativ, alles unter Kontrolle.

<Paolo79> Also, Stadion oder nicht?

<Paolo79> Wir müssen uns um Tickets kümmern!

<Paolo79> Ich will sie nicht bei den Halsabschneidern vor dem Stadion kaufen!!!

<Cla1000> Preis?

<Paolo79> 20/25 €. Ich streck vor!

<Paolo79> Ich weiß, dass du bei MRW arbeitest!!!;-)

<Cla1000> Lohn in der Tasche, kein Problem wg Geld.

Na ja, okay, ich habe den Lohn bekommen. Aber:

1) 100 Euro haben sich schon verflüchtigt, weil ich sie Teo zurückgeben musste;

2) 350 gehen gleich morgen für Miete und Nebenkosten weg;

3) die 115 Euro, die ich von MRW für Barcelona zurückbekomme, werden mir aufgrund welcher bürokratischer Verwicklungen auch immer erst nächsten Monat erstattet …

<Paolo79> Was hindert dich also?

<Cla1000> Die Deadline für das Marketingkonzept für Ka-Ty …

<Paolo79> So eine Panik schiebt ihr? :-O.

<Cla1000> Wie immer! Aber vielleicht schaffen wir es nächste Woche.

<Cla1000> Bis wann muss ich mich entscheiden?

<Paolo79> Zehn ... neun ... acht ... sieben ...

<Cla1000> Ok, komme. Muss raus, Stefania im Anmarsch!

Aber ja doch, ein Abend im Stadion sollte drin sein, ein einziges Mal. Ich bin seit Ewigkeiten nicht mehr da gewesen, und Inter-Bologna darf man natürlich nicht verpassen.

An meiner Situation überrascht mich immer am meisten, dass den spießigen Gurus und Psychologen und Meinungsforschern nichts anderes einfällt, als zu erklären, die »Jugend habe keine Werte, keine Interessen, keine Leidenschaften, keine Kultur, sie wollten nicht ausgehen, sie wollten nicht unter Menschen« und all dieser Schwachsinn. Doch kaum bewegst du dich, in welche Richtung auch immer, werfen sie dir Knüppel zwischen die Beine und merken es nicht einmal. Wie soll man Lust auf Theater haben, wenn man unter 30 Euro nicht reinkommt? Fürs Stadion kaufst du dir entweder gleich eine Jahreskarte (der Taubenschlag in der dritten Kategorie kostet immerhin noch 135 Euro, ohne Körnerfutter), oder du versuchst es ab und zu so und bekommst dann kein Ticket mehr, unter anderem, weil alle Karten von den Aasgeiern aufgekauft und vor dem Stadion zum doppelten Preis verscheuert werden. Ein Buch kriegst du nicht unter 10 Euro, mittlerweile nicht einmal mehr ein Taschenbuch oder eine Sonderausgabe, von CDs reden wir gar nicht erst. Im Restaurant legst du Wahnsinnsgelder hin, und Fastfood – da kannst du gleich Pappmaché fressen.

Konzerte kosten 35, 40 Euro aufwärts, kostenlose Aufführungen bleiben meist der Presse vorbehalten, eine Stunde Tennis beläuft sich auf 20 Euro ..., und das alles sind Vergnügungen von begrenzter Dauer. Hinterher bleibt dir nichts als die Erinnerung und die Eintrittskarte oder der Kontrollschnipsel.

Absurd.

Statt immer neue Feiertage für jeden Käse zu erfinden, den Tag der Verliebten, Muttertag, Vatertag, Omatag, nur um Blümchen, Pralinen, Pfeifen und weiß Gott noch alles zu verkaufen, sollte lieber der Tag der Jugend oder der Tag der Arbeitslosen eingerichtet werden, an dem die Betroffenen für alles die Hälfte zahlen. Wenn ein Produkt, das habe ich an der Uni gelernt, soundsoviel kostet und zehn Mal verkauft wird, dann wird es, wenn es die Hälfte kostet, hundert Mal verkauft und nicht etwa zwanzig Mal. Nach dieser Rechnung würde man sogar Profit machen. Andererseits ... wer will schon, bevor er ins Theater, ins Kino, ins Stadion oder in die Disco geht, erst einen Haufen Rechnungen aufstellen.

»Was meinst du, Gloria, bekommen wir unsere Kampagne fertig, ohne dass wir die Arbeit mit nach Hause nehmen müssen?«, frage ich nach der Mittagspause. Heute habe ich einen Laden ausprobiert, der in einiger Entfernung vom Büro neu eröffnet wurde und Suppen, frisch gepresste Fruchtsäfte, Gemüse, Mixgetränke und Obstsalat anbietet. Eine echt »gesunde Alternative« zu Brötchen und Pizzastücken, auch wenn ich es nur durch ein Wunder pünktlich ins Büro zurückgeschafft habe. Bei solchen Wegen könnte ich glatt dem Fitnessstudio Adieu sagen und mich wie in Unizeiten darauf beschränken, wild in der Gegend herumzurasen.

»Es fehlt doch nicht mehr viel. Immer mit der Ruhe, Claudio. Wir müssen nur Posten für Posten die Tabellen noch einmal durchgehen und den Bericht korrigieren und binden lassen. Wie kommst du mit der Powerpointpräsentation klar? Hast du das eingearbeitet, was ich dir gegeben habe?«

»Ist fast fertig, ja.«

»Na also, dann liegen wir doch super in der Zeit.«

Ich kann es kaum glauben. Fast bin ich gerührt. Sechs Monate Kämpfe, Streitereien, Kontaktaufnahmen, Bewährungsproben, Diskussionen, Marktstudien, Markenstudien (Stefanias Job), unvorhergesehene Zwischenfälle und Unwägbarkeiten tauchen aus meiner Erinnerung auf wie der Leuchtschweif in einer Waschmittelwerbung und verschwinden in den fünfzehn, zwanzig Seiten Powerpointpräsentation, die ich jetzt vor mir auf dem Bildschirm habe.

Das Ka-Ty aus meinem Kopf verwandelt sich in Fernsehspots und Internetauftritte und Werbeaktionen der In-Stores. Mein »Kind« wird groß, und sein Leben – kurz für es selbst, lang für mich – zieht noch einmal vor meinem inneren Auge vorbei, angefangen von dem Moment, da es mir anvertraut wurde. Und es stellen sich haargenau dieselben Gefühle wieder ein, der Enthusiasmus und die Erfolgsfantasien.

Abgesehen von all meinen Problemen kann ich Mark gar nicht genug dafür danken, dass er mir diese Gelegenheit verschafft hat. Auch wenn ich nur zu gut weiß, dass ich mich hinterher schlagartig auf der Straße wiederfinden kann. Aber so läuft das heute, selbst bei herausragender Leistung: Wenn das Unternehmen glaubt, das Geld für dich nicht mehr zu haben – weil die Fünfsternehotels, Chauffeure, Luxusvergnügen und Superluxusvergnügen für die Führungskräfte bezahlt werden müssen –, ist dein Schicksal besiegelt. Dann kannst du bei Bewerbungen überall herumerzählen, dass du deinen Posten ein ganzes Jahr bekleidet hast, erst als Praktikant, dann als Aushilfe, dann als projektbezogener Mitarbeiter, und dass du dann nicht weiterbeschäftigt wurdest, weil sich jemand gefunden hat, der weniger kostet.

Alle führen sie den Kampfbegriff der Flexibilität im Munde (wäre es nicht besser, eine Sache richtig zu können, statt tausend Dinge gleichzeitig zu tun?), andererseits hatte ich letzten Monat ein Bewerbungsgespräch bei dem größten Mailänder Verlag, und dort hat man mich als Erstes gefragt: »Wie kommt es, dass Ihre Arbeitsverhältnisse immer so kurz waren? Sind Sie streitsüchtig?« Das waren exakt die Worte.

Leck mich …

Ich kehre an meine Arbeit zurück, und während ich Bilder in der Präsentation austausche, Texte korrigiere und umschreibe (Stefania hatte selbst an der Schrift etwas auszusetzen: »Scheußlich, diese Type … Das hier ist doch kein Text aus dem neunzehnten Jahrhundert!«, damit hat sie einer banalen *Georgia kursiv* in abscheulich besserwisserischer Manier den Garaus gemacht. »Los, los. Ka-Ty ist Jugend, Ka-Ty ist Dynamik, Ka-Ty ist Vitalität … Diesen Belle-Epoque-Käse möchte ich nicht mehr sehen!«) und die schönen Muster für Effekte und Überblendungen hinzufüge, in denen so viele Meetings stecken …, während ich also all diese Last-Minute-Flickarbeiten mache, höre ich Schritte in meine Richtung kommen. Stefania. Sie naht, einige Blätter Papier in der Hand, mit steifem Gang und starrem Blick, der darauf schließen lässt, dass sie wahrhaft stinksauer ist. Ich kann meine Augen nicht von ihren Knien losreißen. Wenn sie wüsste, dass ich ihre Knie betrachte und noch ganz andere Dinge, die sie gut in Szene zu setzen weiß, würde sich meine Lage sicher erheblich verschlechtern. Mir scheint auch so schon, dass die drei Sekunden, die mich vom Weltuntergang trennen, angezählt sind.

Drei … zwei … eins.

»Nun, Claudio, erklär mir doch mal, was das hier sein soll.«

9

Anna

Die Straße ist dunkel, sie wird nur von den Scheinwerfern der Autos, die sich hier stauen, und von den Schaufenstern erleuchtet (die Sonne geht zu dieser Jahreszeit schnell unter). Ich treibe zwischen den Geräuschen der Stadt, dem Gehupe und Gebrüll der Autofahrer dahin. Ich gehe langsam, wie in Zeitlupe, während um mich herum ein reißender Strom tobt: junge Leute, die ins Handy brüllen, Frauen mit Einkaufstüten, Verkäufer, die das Geschäft verlassen. Wie spät mag es sein? Ich habe keine Uhr, und das Handy ist aus. Die Kälte setzt mir zu. Gut dass ich den Wollschal umgebunden habe, den Mama mir geschenkt hat, als ich nach Mailand gegangen bin (»Du wirst schon sehen, in der Stadt ist es kalt, da ist es nicht wie hier bei uns … Zieh dich warm an, mein Kind, glaub mir!«), sonst wäre ich längst erfroren.

Ich habe eine Feltrinelli-Tüte in der Hand. Stefano hat mich dazu überredet, ein Buch zu kaufen, *Fahrenheit 451* von Ray Bradbury. Als es herauskam, galt es als Fantasy, aber später ist alles genauso eingetroffen. Oder wenigstens fast so, behauptet Stefano: Bradbury hat vor fünfzig Jahren eine Überwachungsgesellschaft prophezeit, eine befriedete Gesellschaft, in der Bücher verbrannt werden. Ein bisschen wie in Orwells *1984,* das vor fünfzig Jahren vorausgesehen hat, dass die Menschen eines Tages von einem Big Brother kontrolliert werden.

Sie wussten, wovon sie sprachen. Viele Menschen dagegen machen sich die Probleme nicht einmal heute klar, da sie unter aller Augen passieren.

Stefano hat es mir als »wahren Hirnputzer« angepriesen, er kennt meinen Geschmack und weiß, wie er mir ohne große Mühe 10 Euro aus der Tasche ziehen kann.

Eigentlich war ich zu Feltrinelli gegangen, um die neuen CDs zu inspizieren, wie jeden Freitag. Aber man weiß ja, wie das in diesen Heiligtümern der »Kultur zum Mitnehmen« läuft. Es reicht vollkommen, dass der Blick auf einen Titel oder ein Cover fällt, um einen Mechanismus in Gang zu setzen, der deine ursprünglichen Absichten ins Gegenteil verwandelt. Und so musste ich nur unter den Sonderangeboten zu 9 Euro 99 den Soundtrack zu *Ray* sehen, schon schoss mir Ray Bradbury wieder ins Bewusstsein, und ich stand innerhalb von dreißig Sekunden mit dem Buch an der Kasse.

Während ich mich weiterhin über den Kauf freue und mir vornehme, gleich zu Hause mit dem Lesen anzufangen, renne ich zerstreut in einen Einkaufswagen voller Beutel, Tüten und Päckchen rein.

»Achtung, junger Mann, passen Sie doch auf! Sie reißen mir ja alles um.«

Eine Pennerin, wie du sie in Mailand an jeder Straßenecke triffst, am Stadtrand und im Zentrum. Sie hat vollkommen recht mit ihrem Gemecker, ich habe wirklich nicht im Geringsten darauf geachtet, wo ich hintrete. Komischerweise schreit sie nicht, und sie regt sich auch nicht groß auf. Ich bleibe wie angewurzelt stehen, muss wohl ziemlich blöde aussehen und nuschle ein freundliches »Tut mir leid«, während sie nicht mit der Wimper zuckt. Wie sie es in dieser Kälte aushält, weiß der Geier.

»Stellen Sie ihn wenigstens wieder ordentlich hin«, sagt sie und deutet auf den Einkaufswagen, und es klingt eher wie eine Bitte als wie ein Befehl.

Ich schiebe ihren »Hausstand« in die vermeintlich ordnungsgemäße Position zurück und bemerke, dass sie nicht nur diese Karre hat. Da steht noch eine weitere. Und sie besitzt einen dieser Plastikhocker für Camping und Picknick. So einen, wie alle ihn haben, obwohl eigentlich jeder ihn bescheuert findet.

Sie findet ihn vermutlich nicht bescheuert.

Ich habe nicht die geringste Ahnung, wer diese Frau sein mag, für mich sehen alle Penner gleich aus. Ich weiß auch nicht, was sie hier macht und ob sie nicht einfach ihre Ruhe haben und niemanden um sich herumschwirren haben will, aber ihre Freundlichkeit lässt mich neugierig werden. Fast verspüre ich das Bedürfnis, ihr zu helfen. Während ich mir tausend Geschichten ausmale, wie sie wohl hier gelandet ist, sehe ich, dass sie zu einem Dessousladen schaut, der die Rollläden schon halb heruntergelassen hat. Aber das Licht im Schaufenster brennt noch.

»So etwas habe ich auch mal getragen, so ein Zeug …«, erklärt sie.

Wie viele Jahre mag das her sein? Fünfzig? Weniger? Sie trägt einen Daunenmantel, der von der Kapuze auf ihrem Kopf bis runter zu den Füßen reicht. Dann Turnschuhe, die Sohle halb abgelöst, ein Uraltmodell. Wer weiß, seit wann sie sich keine neuen mehr gekauft hat.

Sie setzt sich, aus einem Beutel zieht sie einen kalten, pappigen McChicken und beißt rein.

Ich kann meine Augen nicht von ihr losreißen und schaffe es nicht, einen einzigen Gedanken zu fassen, der nicht banal wäre. Ich schweige. »Schmeckt gut«, sagt sie.

»Gut, Signora …«, sage ich irgendwie unpassend.

»Du kannst mich ruhig duzen, junger Mann. Ich bin eine Pennerin, keine Signora.«

Sie ist klug. Klug und ironisch. Ich erinnere mich, dass ich mal ein paar Folgen einer Serie über Obdachlose gesehen habe, vor gar nicht so langer Zeit, und schon damals war ich ziemlich erstaunt darüber, dass viele gar nicht so verrückt sind, wie man sich das immer vorstellt. Viele haben sich ohne jede Einbuße die Fähigkeiten bewahrt, die sie mal hatten … früher, im *normalen* Leben.

Ich setze mich neben sie, auf eine dieser mobilen blinkenden Verkehrsinseln. Das Kind in mir scheint wiederzuerwachen, die Erinnerung an Zeiten, als meine Mutter mich immer zu »guten Taten« ermuntert hat. Ich krame in der Tasche herum, suche nach dem Portemonnaie und nehme 10 Euro heraus. Die strecke ich ihr entgegen, ohne groß über meine Finanzlage nachzudenken. Sie kaut weiter auf ihrem Zeug herum und beachtet das Geld gar nicht.

»Nehmen Sie, das ist für Sie.«

»Ich brauche kein Geld, junger Mann«, erklärt sie mir mit einem halben Lächeln. »Du brauchst es viel dringender. Ich weiß, dass für die jungen Leute das Leben heutzutage ein ganz schöner Kampf ist. Sie lassen euch zwölf Stunden am Tag arbeiten, zahlen Hungerlöhne, und wenn ihr nach einem halben Jahr um eine kleine Gehaltserhöhung bittet, entlassen sie euch einfach!«

Ich versuche, sie umzustimmen, bin aber überrascht von der Klarsichtigkeit, mit der sie spricht. Sie weiß genau, wie es um unsere Gesellschaft bestellt ist. Dabei sieht sie aus wie eine dieser vielen Obdachlosen, die Gott weiß woher kommen und um die man einen großen Bogen macht, weil sich einem sonst der Magen umstülpt.

»Bitte ... Sie können sich doch wenigstens noch ein Brötchen kaufen.«

»Ich brauche das nicht, lass es dir gesagt sein!«, erklärt sie mir mit erhobener Stimme, um mich zu überzeugen. »McDonald's spendiert mir jeden Tag ein komplettes Menu, die Eisdiele bringt Hörnchen und Fruchtsäfte vorbei, und an der Bar da drüben bekomme ich sogar einen Kaffee ... Was glaubst du denn? Hier im Zentrum geht es mir gut, junger Mann. Deshalb bin ich auch nicht zum Bahnhof gegangen, da wird man im besten Fall beschimpft, im schlimmsten mit dem Messer aufgeschlitzt. Hier ist es wie zu Hause ...«

Zwei Karren voller Tüten, die wer weiß was enthalten, ein Hocker und ein Gummibrötchen. Das ist ihr »Zuhause«.

»Du solltest deine Zeit nicht mit mir verschwenden. Hast du keine Freundin, mit der du ausgehen willst? Es ist Freitag.«

»In Mailand auszugehen ist teuer, das kann ich mir nicht leisten.«

»Das stimmt, aber für die Liebe muss man das ein oder andere Opfer bringen, nicht wahr?«

Klar, »das ein oder andere Opfer«. Wenn sie wüsste, wie

viele »Opfer der ein oder anderen Sorte« ich für Eleonora schon gebracht habe, und das nicht nur finanziell. Heute beginnt eigentlich unser fantastisches Wochenende, jene »zwei Tage nur für uns allein«. Gestern habe ich Eleonora anzurufen versucht, aber das Handy war immer aus, und heute kam dann eine SMS: *wochenende geplatzt, zu viel arbeit. kuss.*

»Wie bist du hier gelandet?«, frage ich jetzt, nachdem ich Vertrauen gefasst und mein anfängliches Unbehagen abgeschüttelt habe.

»Ich habe es mir ausgesucht, auf der Straße zu leben. Niemand hat mich gezwungen. Mit neununddreißig bin ich Witwe geworden, und von meinem Lohn konnte ich die Wohnung nicht mehr bezahlen, da habe ich dann nach ein paar Monaten beschlossen, auf die Straße zu gehen. Zumindest so lange, bis sie auch dafür noch kassieren.«

Sie hält einen Moment inne, beißt wieder in ihr Brötchen und wischt sich den Mund mit dem Ärmel ab.

»Wenn es zu kalt wird, kann ich in einen Schlafsaal gehen, aber ich bleibe lieber hier. Ich beobachte die Leute, die vorbeigehen, lese Zeitung und unterhalte mich mit den Verkäufern. Hier kann man sehen, wie die Welt funktioniert. Zu meinen Zeiten hat ein Lächeln gereicht, um glücklich zu sein. Heute lächelt niemand mehr, wenn er durch die Straßen geht. Alle ziehen ein langes Gesicht und denken an wer weiß was.«

Es hat nichts von einer Predigt, wenn sie redet. Sie spricht bedächtig und bemüht sich um eine deutliche Aussprache, obwohl sie zugleich an ihrem Brötchen kaut.

»Was verdienst du im Monat, junger Mann?«, fragt sie mich.

»1000 Euro. Ein bisschen mehr …«

»Hast du einen Uniabschluss?«

»Ja … seit drei Jahren.«

»Dann mach dir keine Sorgen. Kürzlich habe ich in der Zeitung gelesen, dass in Italien das Gehalt vier Jahre nach der Uni im Schnitt bei 1200 Euro liegt. In einem Jahr ist es bei dir so weit!«

Auch ein Standpunkt.

Ich schaue auf. Vor mir ist in all ihren Regenbogenfarben die festlich gekleidete Menge aufmarschiert und verwandelt die Straße in die Kulisse für eine fantastische Nacht. Für ein fantastisches Wochenende. Für ein fantastisches Leben.

Mir hat heute Abend eine Pennerin gereicht, um zu kapieren, wie oft wir uns täuschen, wenn wir uns auf Äußerlichkeiten fixieren, wenn wir darüber nachdenken, was uns wirklich wichtig ist, wenn wir unsere Prioritätenliste erstellen und überlegen, was getan werden muss und was nicht, was machbar ist und was sich unseren Möglichkeiten entzieht.

Eine kleine soziologische Lektion, die mehr wert ist als viele Dreihundertseitentraktate Blablabla, die ich mir an der Uni reinziehen musste.

Und »in einem Jahr« ist es bei mir so weit!

»Danke für das Vertrauen. Danke vor allem für die Ratschläge …«, und ich beende meinen Satz in einem fragenden Ton, damit sie mir ihren Namen verrät.

»Anna.«

»Danke, Anna.«

Sie blickt mich ein bisschen überrascht an und lächelt.

»Du bist ein netter junger Mann! Wer dich heiratet,

kann sich glücklich schätzen. Ich nehme an, deine Mama ist ziemlich stolz auf dich.«

Ja, tatsächlich. Auch wenn ich das manchmal vergesse.

Was die Pennerin gesagt hat, erfüllt mich mit Stolz. Ich kann nicht gehen, ohne mich zu revanchieren. Erneut halte ich ihr den Zehner hin, diesmal nimmt sie ihn und lässt ihn in der Tasche verschwinden. Dann schaut sie auf.

»Wenn du eines Tages wieder vorbeikommst, grüß mich. Jetzt geh nach Hause, schnell, es ist kalt. Und ich muss mich für die Nacht fertig machen.«

Ich lächele schüchtern, grüße noch mal und verschwinde in der Metro.

10

Ein Billigleben

Es ist fast neun, als ich nach Hause komme. Den ganzen Weg über habe ich an nichts anderes gedacht als an Anna. Und an das Telefonat mit Stefania. Die rief mich auf dem Handy an, um sich für ihren furiosen Auftritt im Büro zu entschuldigen, als sie mich bedroht und mit ihren komischen Blättern herumgefuchtelt hatte. Gott sei Dank war es bei ein paar Sätzen geblieben, dann hatte ihr Handy geklingelt, und ich hatte mich schnell verabschiedet. Es war auch schon sechs gewesen. Die Panik allerdings, dass sie irgendetwas Dummes finden und mich wie Paolo abservieren könnte, steckte mir immer noch in den Knochen. Nun, diesmal hatte sie lediglich die erste Version vom Strategiepapier zur Ka-Ty-Kampagne gefunden und gedacht, es sei die endgültige, und da hatte sie sich aufgeregt, weil ihre Korrekturen (und was für Korrekturen …) nicht berücksichtigt waren. Später hatte sie auf ihrem Schreibtisch die richtige Version gefunden und mich sofort angerufen, um sich zu entschuldigen. Dennoch werde ich ihr Verhalten wohl nie verstehen. Am Telefon ist sie einfach anders. Wer weiß, was dahintersteckt.

Ich stelle die Pfanne auf den Herd, nehme aus dem Gefrierfach eine Packung Tiefkühlnudeln (Tagliatelle mit Tomatensoße vom Discounter, 1 Euro 75 im Sonderangebot) und werfe sie in aller Eile in die Pfanne, ohne Öl zuzufügen. Ein strenger Geruch verbreitet sich (Tagliatelle vom Grill? Vielleicht gar keine schlechte Idee), ich schütte nach Gutdünken zwei Gläser Wasser auf die Nudeln und warte vier Minuten, wie auf der Packung angegeben. Einmal umrühren, ein bisschen Chili dazu, Amen. Eine Delikatesse …

»Wirst du nie dahin kommen zu sagen: ›Die Tagliatelle esse ich entweder so, wie meine Mama sie macht, oder gar nicht‹?«

Ross muss sich immer über meine Essgewohnheiten lustig machen. Sie behauptet, dass sich mein Geschmack mit den Sonderangeboten im Supermarkt ändert. Und sie hat recht. Wenn mich etwas lockt, lasse ich es mir nicht entgehen, auch wenn ich mich nicht gierig über alles hermache, was die Plakate so anpreisen, wie Ross immer behauptet. Klar, die Tagliatelle werden nie so sein, wie meine Mutter sie macht, aber für 1 Euro 75 kann man sie ja mal testen. Und ich muss schon sagen, sie sind nicht übel. Besser jedenfalls als die ewigen *penne al pomodoro.*

»Sollen wir uns einen Film anschauen? Auf Italia 1 läuft … wie heißt er gleich? Sag schon … diese etwas durchgeknallte amerikanische Komödie. *American Pie.* Was hältst du davon?«

»Komm, Ross, nicht so einen Scheißdreck! Gibt es nichts anderes?«, verpasse ich ihr mitleidlos einen Dämpfer.

»*ER* auf Rai Due.«

Ich votiere für *Mediziner an vorderster Front.* Auch wenn mir schon in der ersten Szene fast die Tagliatelle aus dem Gesicht fallen. Wie kann man dem Zuschauer zur Essenszeit eine Operation am offenen Herzen servieren? Vielleicht denken sie, dass man zu dieser Zeit schon fertig ist. Wenn man allerdings berücksichtigt, dass sich die Restaurants in Mailand nach neun erst füllen und um zehn der größte Andrang herrscht … Das war eines der Dinge, die mich anfangs in Mailand sehr erstaunt haben, denn bei uns auf dem Land »isst man mit den Hühnern«.

»Bitte, Ross, zapp doch mal weiter, mir wird speiübel, wenn ich das sehe …«

Rossella hat offenbar ihre dienstbare Ader entdeckt, denn sie gehorcht ohne den geringsten Widerstand.

Auf einem regionalen Sender gibt es ein Wirtschaftsmagazin über teure Wohnungspreise, Mieten und Räumungsklagen. Eine Dame von sechsundsechzig wartet auf den Gerichtsvollzieher. Sie ist nicht säumig, aber ihr Vertrag ist ausgelaufen und wird nicht verlängert. Und die Kommune, ausgerechnet Mailand, hat ihr noch keine Sozialwohnung zugewiesen. In Rom läuft es genauso. Drei Leute weit über achtzig warten darauf, dass sie an die Reihe kommen.

»Ross, ich glaube nicht, dass …«

»Die da kenn ich!«

»Wen kennst du?«, frage ich.

»Die Frau da, die aus dem Senegal. Sie arbeitet als Schneiderin in dem Laden, wo ich kürzlich die dunkle Jeans zum Kürzen hingebracht habe, letzten Monat.«

Sie ist auch vom Rausschmiss bedroht, mitsamt ihrer sechs Monate alten Tochter. Abends weint sie, wie sie erzählt, weil sie nicht weiß, wie sie was zu essen kaufen soll. Es geht einem schon nahe, wenn man sich klarmacht, dass diese Fernsehwelt, die so weit weg und so irreal erscheint, eigentlich deine eigene Welt ist, dieselbe Welt, in der du lebst, gegen Hindernisse kämpfst, Widerstand erlebst, täglich, minütlich.

Ross hat die Hand wieder an der Fernbedienung und beginnt eine Gewalttour durch alle sechsunddreißig Kanäle, die in unserem Fernseher gespeichert sind: Verkaufssendung für Häuser – Werbung für Slipeinlagen – Werbung für Minipizzen – Fußballtalkshow – politische Talkshow – Kabarettgeblödel – Kartenleger – Werbung für Kreuzfahrten – Kartenleger – Werbung für das Rote Meer – Kartenleger – Werbung für Kalabrien – Kartenleger – Werbung für die Bahn …

Alle Werbegurus behaupten, dass die unterbewussten Botschaften der beste Weg sind, um ein Produkt an den Mann zu bringen. Ich bin nicht überzeugt davon. Als ich jetzt allerdings all diese Reklame für Reisen, Kreuzfahrten und Urlaubsorte an mir vorbeirauschen sehe, fällt mir prompt ein, dass ich die zwei zusätzlichen Urlaubstage, die Mark für mich rausgeschlagen hat, noch gar nicht verplant habe. In Mailand bleiben und nichts tun kommt nicht in Frage. Nach Hause fahren … nee, was soll ich denn da die ganze Zeit. Fast scheint sich hier ein klitzekleiner Urlaub anzubieten, nichts Großartiges, schnell etwas irgendwo in Europa, um abzuschalten und die Batterie wieder aufzuladen, ohne vierundzwanzig Stunden lang immer nur an die Arbeit und an Eleonora denken zu müssen, an Eleonora und an die Arbeit …

»Sag mal, Ross, habe ich dir eigentlich erzählt, dass Mark mir zwei freie Tage spendiert hat? Warum fahren wir nicht einfach ein Wochenende weg?«, frage ich ohne

Umschweife, während ich in meinen Tagliatelle herumstochere.

»Ja, aber wohin denn? Und vor allem, mit welchem Geld?«

»Wohin, weiß ich nicht … Im Internet habe ich ein Angebot für Berlin gesehen. Da soll es eine Menge interessante *events* geben und super *locations.* Ich war nie dort, aber Gianni und Roberto schwärmen immer in den höchsten Tönen, sie fahren fast jedes Jahr hin, über Silvester oder im Sommer.«

Ross sieht aus, als würde ihr die Idee gefallen. Bleibt nur noch die Geldfrage.

»Was das Geld betrifft …, was machen wir da? Am besten ich wasche erst mal meinen Teller ab, dann melden wir uns bei eBay an und verkaufen etwas von dem Gerümpel aus der Besenkammer. Das Zeug staubt in den Schachteln vor sich hin, und niemand von uns wird es je brauchen. So hat es wenigstens noch einen Nutzen.«

»Soll das ein Scherz sein? Wie willst du das Geld für eine Reise zusammenkriegen, indem du auf eBay Plunder verscheuerst?«

»Plunder? Ich weiß nicht, wie es bei dir ist, aber mein Zeug ist taufrisch, Schätzchen. Ich brauche es nur einfach nicht. Außerdem müssen wir ja nicht Milliarden rausholen. 150, 200 Euro reichen doch schon für Billigflug und Jugendherberge. Fang schon mal an mit deinem Krempel, ich komme, wenn ich in der Küche fertig bin.«

Ich bin noch nicht in der Küche angekommen, um Pfanne, Teller und Gabel zu spülen, als ich Rossella schon Richtung Besenkammer gehen höre. Sie hat nichts gesagt, ist aber offensichtlich der Meinung, dass meine Idee nicht ganz schwachsinnig ist. Über eBay kann man wirklich alles verkaufen, und das schnell und oft mit besseren Resultaten, als man es für möglich gehalten hätte.

Wir werden das Geld für diese Reise schon zusammenbekommen.

»Und?«, rufe ich, als ich mich ebenfalls Richtung Besenkammer aufmache. »Hast du etwas gefunden?«

»Die alte Dylon-Dog-Sammlung mit der Original Nummer eins, die Vinylplatten von U2, meine Unibücher, Videokassetten von allen Filmen mit Tim Burton, Zeitschriften über Johnny Depp, dieses schreckliche Tischdeckenset von Hello Kitty, das mir meine Cousine vor neun Jahren zum Geburtstag geschenkt hat … Was würdest du sagen, bekommt man für so ein Zeug?«

»Lass mich nur machen. Du weißt nicht, was Sammler alles mit so einem ›Zeug‹, wie du es nennst, anfangen können. Geh mal kurz zur Seite, dann kann ich meine Sachen auch holen.«

Von einem Brett ganz oben auf dem Ikearegal reiche ich Rossella Stück für Stück die Kartons und Schachteln mit der Aufschrift »Claudio« herunter.

»Mach mal auf …«

»Ein Radio!«

»Das ist mein Radio aus dem Wohnheim. Es funktioniert einwandfrei. Außerdem hat es einen kleinen Bildschirm und eignet sich damit perfekt für Ihr Picknick!«, erkläre ich im Tonfall der Verkaufssender und teste schon mal Parolen für unseren Auftritt bei eBay, damit wir diesen ganzen Krempel auch wirklich loswerden.

»Stimmt was nicht?«, frage ich Rossella, die ziemlich perplex dreinschaut.

»Cla, du wirst es nicht glauben: sechs Schachteln mit Spielzeug aus Überraschungseiern …«

»Ääähm …«, mache ich und hüstle gekünstelt vor mich hin. »Okay, okay, jeder hat so seine peinlichen Geheimnisse.«

Ich höre nur ein Lachen dort unten.

»Weißt du, dass die ein Vermögen wert sind? Das sind alles komplette Serien! Ich bin mal in der Gegend von der Viale Monza an einem Geschäft vorbeigekommen, wo sie für jede 50 Euro bezahlt haben … für jede Serie, meine ich, nicht für jede Überraschung.«

»Waas? 50 Euro für diesen Schrott?«

»Glaub mir.«

Ich staple mein ganzes Zeug auf einer Seite auf – ein echter Hammer sind die Autogramme, die ich zwischen dreizehn und vierundzwanzig gesammelt habe, etwa hundert Stück und alle von Berühmtheiten, vermeintlichen Berühmtheiten und Shootingstars jeder erdenklichen Kategorie. Ich habe diese Typen einfach auf Konzerten, im Theater oder auf der Straße angequatscht, und es gibt Leute, die total wild auf so etwas sind. Neben meinen Sachen staple ich das Zeug von Ross auf.

»Sollten wir uns nicht erst einmal erkundigen, was genau Flug und Übernachtung kosten?«, fragt Ross zaghaft.

»Klar, du hast recht. Ich mache mal den PC an und schaue nach.«

Wir begeben uns in mein Zimmer. Ross springt auf das Bett und richtet ihren Blick auf den Monitor, als wären dort irgendwelche Offenbarungen zu erwarten.

Während mein Windows sich aufbaut, hole ich ein Bier

aus dem Kühlschrank, trinke einen Schluck und reiche es an Ross weiter.

Ich öffne die Website mit den Billigflügen und surfe von Offerte zu Offerte: »Wenn wir nächsten Monat fliegen, kostet es 62 Euro! 62 Euro Malpensa-Berlin und zurück, inklusive Steuern. Nicht schlecht, was meinst du?«

Mit Billiganbietern durch Europa zu jetten ist ein echtes Geschäft. Man muss nur früh genug buchen und bezahlt dann weniger als für ein Essen in einem Mailänder Restaurant.

Ich gehe auf Google und gebe »Jugendherberge« und »Berlin« ein. In wenigen Sekunden habe ich eine für 16 Euro.

»Guck mal, Ross. Wenn wir Freitagmorgen fliegen und Montagnachmittag zurückkommen, sind das drei Nächte. Drei mal sechzehn ist achtundvierzig. Wir würden also für Flug und Übernachtung 110 Euro pro Person bezahlen. Was denkst du?«

»Supercool!« Ross scheint sich immer mehr zu begeistern.

»Klar, wir müssen noch irgendetwas essen. Und wenn wir irgendwo essen gehen wollen, werden wir noch mal 10-15 Euro pro Abend hinlegen müssen, aber das würden wir in Mailand auch ausgeben ...«

»Fantastisch! Wir müssen also bei eBay pro Person 110 Euro rausholen?«

»*Mindestens* 110 Euro. Aber du wirst schon sehen, dass wir es auf mehr bringen. Wir sollten uns gleich in die Auktion stürzen.«

Großartige Sache. Du bietest dein Zeug über eBay an, bleibst im Sessel sitzen und lässt dir den Betrag auf einem

Online-Konto gutschreiben, ohne dich auch nur einmal aus dem Haus zu bewegen. Nichts einfacher als das …

»Hol mal Matteos Digitalkamera, Ross! Wenn du schnell machst, könnten wir noch ein Shooting für *Vogue* machen, ohne dass er etwas merkt …«

»Wozu brauchst du Matteos Digitalkamera?«

»Um all diese Schätze zu fotografieren natürlich! Ich schreibe unterdessen die Teaser.«

»Was schreibst du? Die Diesel?«, brüllt sie aus Matteos Zimmer zurück.

»Die Teaser … die Werbeslogans! Ist doch mein Job, oder etwa nicht?«

Klar ist das mein Job. Und diesmal werde ich zusehen, dass mehr dabei herausspringt als bei MRW …

11

Offene Rechnungen

Matteo ist wie gelähmt, hängt auf seinem Holzstuhl und starrt ins Leere.

Ross ist ungewöhnlich bleich, kann kaum die Tränen zurückhalten und bemüht sich, dass keiner etwas merkt.

Alessio ist verschwunden. Vielleicht hat er sofort die Wohnung verlassen. Nebenbei, einen DVD-Player zu erledigen entspricht eher einer Szene aus einem Bruce-Lee-Film als einer Episode aus dem wahren Leben.

Ich blicke vom DVD-Player zu Ross und dann zu Matteo und dann von Teo zu Ross und zum DVD-Player. Ich weiß nicht, ob ich wegen des DVD-Players heulen oder mich über Matteo aufregen oder mich über mich selbst ärgern oder auf Alessio schimpfen oder mich in Rossellas Arme werfen soll.

[vierzig Minuten früher]

»Kinder, aufstehen! Seid ihr immer noch im Bett?«

Rossellas Gebrüll hallt in der ganzen Wohnung wider. Es wird wohl Vormittag sein. Gestern war ich früh im Bett, und ich hatte schon vor einer ganzen Weile die Augen aufgemacht.

»Guten Mooorgen!«, brülle ich, dehne meine Muskeln und versuche, mich von meiner Bettdecke zu befreien.

In der Küche sitzt Alessio beim Frühstück und liest *L'Avvenire,* von Teo ist nichts zu sehen. »Wenn du mich fragst, schläft er noch«, erklärt Alessio, ohne den Blick von seiner Zeitung zu wenden.

»Die Abrechnungen sind gekommen, Strom und Gas. Sollen wir sie aufmachen?«, fragt Rossella und wedelt mit den beiden verdammten Umschlägen herum.

»Oh Gott, nein! Ich will mir doch nicht das Wochenende vermasseln lassen«, fahre ich dazwischen, um den Tag zu retten.

Abrechnungen am Wochenende sind wie der Gerichtsvollzieher zu Weihnachten. Ich werde nie verstehen, warum sie die nicht an einem anderen Tag in der Woche schicken. Sieht fast nach Absicht aus.

Ich plädiere dafür, sie erst Montag zu öffnen.

Alessio hingegen nimmt Rossella die Umschläge aus der Hand und öffnet sie, als hätte er meinen Einwand gar nicht mitbekommen.

Strom: 74 Euro 50. Vollkommen im Normalbereich. Weniger als 19 Euro pro Kopf. Das ist alles in allem mehr als okay.

Gas: 371 Euro 60.

371 Euro 60? Unmöglich.

»371 Euro 60? Scheiße, das kann nicht sein!«, stellt Alessio fest und lässt sich ganz gegen seine Gewohnheit zu einem Kraftwort hinreißen. Er muss fuchsteufelswild sein. Tatsächlich faltet er schnell die Zeitung zusammen, schmeißt sie aufs Sofa und liest die Rechnung noch einmal, liest tausend Mal jedes einzelne Wort vor, einschließlich des Kleingedruckten auf der ersten Seite. Ross, die gerade ihre Kaffeetasse spülen wollte, schließt den Wasserhahn und verharrt unbeweglich vor der Spüle, die Hände immer noch im Becken. Ich versuche, einen Blick auf die Rechnung zu erhaschen, aber Alessio hält sie so dicht vor seine Nase, als würde er das Wasserzeichen suchen.

371 Euro 60.

»Haben die den Verbrauchskostenvorschuss für die nächsten Monate mit eingerechnet?«, frage ich Ross, die langsam aus ihrer Erstarrung erwacht. »Im Winter zahlt man doch immer ein Schweinegeld für die Etagenheizung! Normalerweise kommen wir auf so einen Betrag bestenfalls im Frühjahr, wenn sämtliche Heizkosten aus dem Winter drin sind … Vielleicht wollen sie das jetzt schon vorher haben, oder so.«

Oder auch nicht. Die Rechnung verzeichnet nur den Verbrauch der vergangenen Monate. Und wenn wir die Heizung auslassen oder niedrig einstellen, kommen wir nie über 80-100 Euro.

Alessio erhebt sich und geht zum Zählerkasten. Er öffnet die Sperrholzplatte und liest: 29 133.

»Hier auf der Rechnung steht: bis 29 068. Der Rechnungsbetrag stimmt also«, erklärt er trocken.

»Aber wie ist das möglich, verdammt? Sag mir mal jemand, wie wir es geschafft haben sollen, so viel Gas zu verbrauchen«, ereifere ich mich und spüre, wie mein Blut in Wallung gerät.

»Habt ihr vielleicht zehn Mal am Tag geduscht?«, ist das Erste, was Alessio dazu einfällt.

»Quatsch, Ale. 371 Euro ließen sich nicht einmal dadurch erklären, dass hier ganze Heerscharen duschen!«, erwidere ich besänftigend.

Während sich Fragen über Fragen anhäufen und die Antworten keine Lösung liefern, taucht wie ein Zombie Matteo aus seinem Zimmer auf und lässt sich auf das Sofa fallen.

»Tach, Kinder. Was herrscht hier denn für eine Begräbnisstimmung ... Ist euch etwas auf den Magen geschlagen?«, erkundigt er sich und scheint selbst komplett neben der Spur.

»Nein, Teo, nur die Gasrechnung ist gekommen: 371 Euro, stell dir vor!«, klärt Ross ihn gereizt auf.

»Ach. Das hat doch bestimmt mit diesem Leck zu tun ...«, erläutert Matteo leichthin, als wäre die Summe an sich nicht weiter der Rede wert.

Leck? Von was für einem Scheißleck redet er da?

»Leck? Von was für einem Scheißleck redest du da?«, fährt Alessio ihn an. So aggressiv habe ich ihn noch nie erlebt. Er ist buchstäblich wild geworden.

»Sorry, ich dachte, ich hätte euch das gesagt. Vor einem Monat habe ich doch den Hausverwalter getroffen ... da war wohl ein Leck in den Außenleitungen. Mist, ich glaube, er hat gesagt, dass wir Enel verständigen sollen, damit sie einen Techniker schicken oder so ..., weil sonst alles auf die Rechnung kommt.«

»Aber du hast niemanden verständigt?«, hake ich nach, obwohl ich die Antwort bereits kenne.

Ist schon okay, dass er das Leben leichtnimmt, aber manche Dinge kann man ihm einfach nicht durchgehen lassen. Das ist eine Frage von Verantwortung und von Respekt gegenüber den Mitbewohnern. Schon okay, dass er von morgens bis abends nichts tut, schon okay, dass er niemals irgendetwas in den Gemeinschaftsbereichen putzen würde, schon okay, dass er ständig um vier Uhr morgens nach Hause kommt und einen Höllenlärm veranstaltet, schon okay, schon okay, aber mit Geld scherzt man nicht, denn für mich und für Ross und für Alessio machen 60, 70 Euro den entscheidenden Unterschied. Aber hallo! Klar, Teo ist das egal, weil Papa zahlt, aber wenn seine Art uns anderen schadet, nein, da mache ich nicht mit.

»Verdammte Sauerei, Teo! Ist dir eigentlich klar, dass du uns alle reinreitest mit deiner Art, immer nur zu tun, was dir passt?«, schimpfe ich.

»Aber, Kinder, ich habe mich doch entschuldigt … Was soll ich denn sonst noch tun? Ich habe es vergessen …«, verteidigt er sich.

»Du Dämlack! Da reicht kein ›Ich habe es vergessen‹! Wir hocken jetzt alle in der Patsche, kapierst du das nicht? Und das ist einzig und allein deine Schuld«, erklärt Ross, die einem Tobsuchtsanfall nahe ist.

Die Diskussion geht weiter, und die Stimmen werden schriller bei all den hysterischen Vorwürfen und absurden Entschuldigungen. Die Gemüter erhitzen sich, Dämpfer werden verpasst, Ross und ich regen uns auf, Matteo rettet sich in sinnlose Erklärungen, Alessio hält sich zurück und hüllt sich lieber in Schweigen (er und Matteo können sowieso nicht normal miteinander reden, und das wird unter den gegenwärtigen Bedingungen nicht besser) und rennt immer nervöser im Zimmer herum. Als Matteo zu einem weiteren seiner Was-habe-ich-mit-dieser-Scheißrechnung-zu-tun-Refrains anhebt (und sich ein leises »Was für Vollidioten!« nicht verkneift), explodiert Ale.

»›Was für Vollidioten!‹ kannst du zu deiner Mutter sagen oder zu deinem Vater oder zu was weiß ich wem, du Idiot! Zu mir sagst du das nicht, kapiert? He, hast du das kapiert, du Sack?«, brüllt er ihn an. Dann packt er ihn am Pullover und schmeißt ihn aufs Sofa. Verdammt, er scheint besessen.

Teo will sich vom Sofa erheben, aber Alessio pflanzt sich mit wutentbranntem Gesicht vor ihm auf, schaut ihm in die Augen und hebt den Arm zum Schlag. Ich weiß nicht, was ihn jetzt noch halten kann. Ich weiß nur, dass er sich einen Moment später auf den Hacken umdreht, ein »Leck mich am Arsch!« durch halb Mailand brüllt und mit einem professionellen Handkantenschlag den DVD-Player erledigt. *Meinen* DVD-Player.

Die letzten vierzig Minuten laufen mehrfach in beschleunigtem Tempo vor meinen Augen ab.

Eine Rechnung in XXL, der eine Mitbewohner ein Vollidiot, der andere ein Verrückter, der DVD-Player im Eimer: Das ist die Bilanz eines theoretisch vielversprechenden, ruhigen Samstagmorgens.

Die Küche leert sich still und leise. Teo zieht sich in sein »Reich« zurück, Ross spült die restlichen Tassen, ich räume das Wohnzimmer auf und schließe mich in meinem Zimmer ein.

entschuldige, claudio, aber ich war nicht mehr ich selbst. keine ahnung, wie das passieren konnte, entschuldige vielmals. Ich kaufe dir jetzt sofort einen neuen dvdplayer, bis später

Eine SMS von Alessio.

Ich ziehe Hose und Pullover an und gehe raus, um ihn

zu suchen. Er ist sicher zu dem Laden am Ende der Straße gegangen. Hier in der Gegend gibt es nichts Billigeres.

Sicherheitshalber schicke ich ihm eine Nachricht. Ich kann ihm nicht allzu böse sein, und ich will nicht, dass er sich ausgeschlossen fühlt. Wir sind zwar keine dicken Freunde, aber wir leben schon so lange zusammen und haben uns immer geschätzt und respektiert.

Keine Ahnung, was in ihn gefahren ist, wo er doch sonst so ruhig und gelassen und vernünftig ist. Aber kann man ihm überhaupt einen Vorwurf machen? Wenn ich an seiner Stelle gewesen wäre, hätte ich die Faust vielleicht direkt in Matteos Gesicht geknallt, und dann wäre alles noch viel schlimmer geworden.

»Entschuldige noch mal, Claudio. Keine Ahnung, was mich überkommen hat, ich weiß es wirklich nicht. Ich habe auch Matteo schon angerufen und mich entschuldigt«, begrüßt mich Ale, als ich in sein Auto steige. »Und keine Ahnung, warum seit einer Woche alles schiefläuft. Bei der Zeitung haben sie mir auch einen reingewürgt. Damit hatte ich nicht gerechnet.«

Alessio ist schon seit einigen Jahren bei der Post angestellt (vier, glaube ich), aber vorher war er Journalist. Oder wollte es wenigstens sein. Irgendwann hat die Aussicht auf einen festen Job über den Ehrgeiz gesiegt, und so hat er die Karriereträume aufgegeben und verbarrikadiert sich acht Stunden am Tag in einem Büro. Bei regelmäßigem Lohn, dreizehntem Monatsgehalt und bezahltem Urlaub, ohne die Befriedigung allerdings, die der Journalismus einem – möglicherweise – verschafft. Jetzt arbeitet er nur noch für ein Filmmagazin. Ab und zu schicken sie ihn in eine Voraufführung, und ab und zu nimmt er mich sogar mit.

»Gerade gestern Abend bin ich nach der Arbeit in die Redaktion gegangen. Ich brauchte noch ein paar Informationen für einen Artikel, vielleicht wäre sogar ein großes Interview bei der Geschichte herausgesprungen. Kaum aber war ich dort angekommen, hat die Chefredakteurin mir erklärt, dass es ihr leidtue, sogar sehr leid, aber den Artikel habe der Herausgeber einem anderen gegeben. Und willst du wissen, wem? Dem Sohn von einem hohen Tier von der Steuerfahndung.«

So läuft das. Bei der Zeitung, wie ich es immer wieder von Alessio höre, aber nicht nur dort. So läuft es überall.

Einmal haben wir abends eines dieser Nachrichtenspecials gesehen, eine Sendung über Vetternwirtschaft. Ich kann mich noch erinnern, wie Alessio sich ereifert hat. Sämtliche Furien sind mit ihm durchgegangen, als er uns darauf aufmerksam gemacht hat, dass gerade bei diesem Sender mindestens die Hälfte der Mitarbeiter »Sohn von« sind.

»Ale, reg dich nicht auf. Glaub nicht, dass Empfehlungen und Beziehungen nur im Journalismus zählen. Überall in Italien ist das so, es regiert das Gesetz von Markt, Kumpanei und Vitamin B. Verdienste gelten nichts, Freundschaften alles.«

»Es geht mir nicht um das Geld«, erklärt Ale resigniert. »Und es ist nicht so, dass ich nicht genug Arbeit hätte. Mit dem Zeitungsjob verdiene ich 100-120 Euro im Monat. Wenn ich die nicht hätte, würde sich mein Leben nicht groß ändern. Aber schreiben, ins Kino gehen, Interviews machen, das ist für mich das Größte.«

Tatsächlich scheint sich für Ale damit immer ein Traum zu erfüllen. Er würde den Job auch umsonst machen. Er ist stolz darauf, Leuten, die er nicht kennt, den Lesern nämlich, etwas nahezubringen, ihnen nützlich zu sein, und nicht einfach ein paar Sätze hinzukritzeln, um eine Spalte zu füllen.

»Verstehst du, Claudio, ich finde es nicht gerecht, dass eine Empfehlung, eine bescheuerte, vermaledeite Empfehlung mir das alles wegnehmen kann!«

Es ist, als hätte man einem Kind ein Spielzeug aus der Hand gerissen, einem Kind, das sich weder verteidigen kann noch wüsste, wie es das anstellen sollte. Ich klopfe ihm auf die Schulter. Alessio lächelt, fast als würde er sich bedanken wollen, dass ich ihm bei seinem Ausbruch zugehört habe. Sein Gesicht ist immer noch grau.

In der Zwischenzeit haben wir das Einkaufszentrum erreicht (»Nichts da, ich gehe doch nicht zum Laden hier in der Straße. Wir fahren zum Einkaufszentrum in der Viale Sarca, das ist ein kleiner Ausflug, und das Zeug kostet da noch weniger«, hatte er erklärt, als ich ihn gefunden hatte). Kurzer Stau vor dem Parkplatz, und schon sind wir drin in diesem Paradies von Farben, Plakaten und Tonbandstimmen, die Produkte anpreisen, von Dance Music im Hintergrund und einer weiteren Stimme, die dem einkaufslustigen Volk der Metropole einen guten Tag wünscht.

Wir scheinen im Luna Park zu sein. Dutzende von Bars und Restaurants, ein Hypermarkt, eine Buchhandlung, ein Megastore für Sportartikel und ein Multiplexkino. Weitere vierzig Geschäfte. Rolltreppen durchschneiden als Diagonalen im Raum die riesigen Lichtkegel des Atriums. Alle hier sind merkwürdig euphorisch, als gäbe es schon etwas zu feiern, wenn man mit dem Geld nur so um sich schmeißt und kauft, kauft, kauft. Grüppchen von Jungs und Mädels sitzen auf den Bänken herum, ganze Familien versorgen sich mit Fastfood und Pizza auf die Hand, Frauen führen ihre neuen Frisuren aus, Männer stehen vor dem Wettbüro und reden über Fußball und warten auf den Nachmittag.

Diese Welt ist eine Welt für sich. In der neuen Geographie der Städte hat der Kuppelsaal der Einkaufszentren die alte Piazza abgelöst, Denkmäler wurden durch Stapel von Sonderangeboten ersetzt, öffentliche Grünanlagen feiern als Plastikbeete mit obligatorischer Fontäne Wiederauferstehung.

Mitten in diesem ewigen Fluss von Menschen, die mit den Auslagen verschmelzen, zwischen den Lichtern und den Werbetafeln, sind wir, Alessio und ich. Eher neugierig als verwirrt.

»Lass uns zu IperCoop gehen. Ich habe einen Berechtigungsschein, vielleicht finden wir irgendein Supersonderangebot, das gerade passt«, schreite ich gleich zur Tat und lasse Alessio gar keine Wahl.

»Hier ist einer für 39 Euro ..., ist aber eher ein No-Name-Teil. Diese Marke hier ist bekannt, kostet aber 49, das Gerät. Und da ist noch eins für 69 im Sonderangebot. Welchen nehmen wir, Claudio? Ich kenne mich mit diesen Wunderwerken der Technik nicht aus«, kapituliert Alessio, während er versucht, das jeweilige Preis-Leistungs-Verhältnis zu ergründen.

»Wichtig ist, dass man DivX darauf abspielen kann, damit man nicht immer, wenn man etwas aus dem Internet runterlädt, sechs Stunden mit der Erstellung der DVD verliert«, erkläre ich ihm.

Kein wirkliches Superschnäppchen dabei. Der zu 39 ist passabel. Der zu 49 hat alles, was man braucht, außerdem ist die Marke nicht schlecht. Genehmigt.

»Ale, wir nehmen den zu 49, okay?«

»Ist nicht der zu 69 besser, Claudio? Nein ernsthaft, tu dir keinen Zwang an.«

»Lass mal. Die haben beide dieselben Funktionen. Bei dem da zahlst du das Design mit und vier Extrakabel, aber die Qualität ist die gleiche. Glaub mir.«

Meine Erläuterungen als selbst ernannter Hightech-Experte erregen die Aufmerksamkeit eines der Angestellten, der nur zustimmend nickt.

In der Kassenschlange studiere ich die Kunden: viele Paare mit Kind, viele Damen mittleren Alters, viele Singles um die vierzig (erkennbar sofort an den Massen von Tiefkühlwaren, Fertiggerichten und Wurstpaketen im Einkaufswagen), aber auch ein Haufen Gleichaltriger, die alle damit beschäftigt sind, zu kalkulieren und zu vergleichen. Ohne Zweifel versteht sich meine Generation besser aufs Rechnen als der Durchschnittsbürger in den Sechzigern. Die Zeiten des Konsumrauschs sind vorbei, man kauft nicht, was gefällt, sondern was man braucht. Und was man braucht, kauft man lieber übers Internet, weil man dort Angebote und Preise besser vergleichen kann.

»Cla, bist du an der Kasse vor Anker gegangen?«

Alessio reißt mich aus meinen klugen Betrachtungen, und wir begeben uns langsam in Richtung Auto.

»Hast du keinen Hunger? Es ist mittlerweile schon halb drei«, frage ich, denn mir geht langsam die Energie aus.

»Mein Magen streikt. Aber hol dir doch etwas, wenn du willst, ich warte solange.«

Ich steige ins Auto, denn noch einmal zu McDonald's zu gehen (diesmal mit der hier schon notorischen Choreographie schreiender Kinder als Beilage) reizt mich überhaupt nicht, in den Bars ist kein Brötchenkrümel mehr übrig, und die Restaurants haben entweder schon geschlossen oder ziehen dir mit unverschämten Preisen das Geld aus der Tasche.

»Hör mal … morgen fahren wir mit der Gruppe in die Berge. Wir kommen abends zurück. Willst du nicht mit?«, fragt Alessio mich in plötzlichem Überschwang.

Die »Gruppe« sind ein paar CL-Mitarbeiter, alles Männer zwischen dreißig und vierzig. Von Frauen nicht die Spur. Einmal habe ich mich ihnen angeschlossen, mehr wegen der Gelegenheit, für eine lächerliche Summe mal was Neues zu sehen als wegen irgendetwas sonst. Beim Picknick mittags war dann endgültig Schluss mit lustig. Ich erinnere mich noch, als wäre es gestern gewesen (tatsächlich ist es mindestens ein Jahr her, eher länger). Ich hatte mir ein Riesenbrötchen mitgebracht, mit Bresaola und Ziegenkäse, ziemlich lecker und nicht gerade billig. Als es ans Essen ging, hatte ich mein Brötchen kaum aus dem Rucksack geholt, da hat einer von denen mir auch schon entschlossen dazwischengefunkt: »Nicht aufmachen, hörst du! Tu es in diesen Korb, da kann jeder einmal reingreifen. So tauschen wir unseren Proviant.«

Waaaas? »Wir tauschen unseren Proviant?«

Genau. Für sie ist das »gelebte Brüderlichkeit«, für mich war es ein Schuss in den Ofen, wenn ich an das ekelhafte Mortadellabrötchen denke, das ich geangelt habe.

»Danke, Alessio, aber morgen wollte ich mal den ganzen Tag zu Hause bleiben …, trotzdem, vielen Dank«, entziehe ich mich der Sache elegant.

Ich werde den ganzen Sonntag zu Hause bleiben, darauf hoffen, dass Ely sich mal wieder meldet, und mich mit Ross und ihrer spitzen Zunge trösten. Zwischendurch werde ich ein wenig fernsehen, ein paar Zeilen lesen, ein wenig auf dem Sofa dösen, wo ich meist schon von der nächsten Woche träume.

12

Unsere Situation ist ein Skandal

Sie haben uns die festen Jobs genommen/Sie haben uns die Zukunft genommen/Sie haben uns befristete Jobs gegeben/Sie wollen uns verschaukeln!«, skandiert ein Typ ins Megafon.

»Streiken! Streiken! Streiken!«, echot eine Gruppe junger Leute hinter ihm.

Heute Morgen ist der Corso Vittorio Emanuele zu. Ich wollte die zehn Minuten, die ich gewonnen habe, weil sowohl Bus als auch Metro sofort gekommen waren, mit einem Fußmarsch ins Zentrum vertrödeln, aber nichts zu machen.

Die Straße ist von tausenden von Leuten verstopft – achtundsiebzigtausend, sagt die Polizei, eine halbe Million, behaupten die Organisatoren (diese ewige Diskrepanz zwischen den verschiedenen Demonstrationsteilnehmerzahlen habe ich nie begriffen!) – alle zwischen fünfundzwanzig und dreißig, gut gekleidet und ohne die übliche Aura von Gewaltbereitschaft. Keine Chaoten, keine Punks, keine Schwarzhemden. Ganz gewöhnliche junge Leute eben.

»Schließ dich an! Lasst uns gemeinsam die Stimme erheben!«, fordert mich eine Frau auf, ohne eine Sekunde mit dem Brüllen aufzuhören.

»Entschuldigung ... wofür demonstriert ihr denn?«, frage ich, und die Sprechchöre übertönen mich fast.

»Ja wie, siehst du das denn nicht? Wir sind Praktikanten. Das hier ist der erste landesweite Streik der Praktikanten!«, erklärt sie selbstbewusst.

Mamamia, Hilfe, das ist ja nicht zu glauben, jetzt streiken schon die Praktikanten. Fragt sich nur, wofür. Wenn es gut läuft, bekommen sie vielleicht ein paar zusätzliche Essensgutscheine.

Ich bin mit den Berichten über die Achtundsiebzigerstreiks aufgewachsen, als mein Onkel Giulio früh morgens vom Land in die Stadt fuhr, um in Bologna oder Modena »das Volk zu verteidigen und gegen die Institutionen und die bürgerliche Gesellschaft zu kämpfen«, wie Mama es auszudrücken pflegte. Und dann folgten die unvermeidlichen Geschichten von Revolten, Barrikaden, Prügeleien und Zusammenstößen auf den Plätzen. »Wir hatten noch echte Ideale«, nervt Onkel Giulio noch heute bei jeder Gelegenheit, »nicht wie die Jugend von heute mit ihrer Spaßgesellschaft, in der man an nichts mehr glaubt, sich mit allem abfindet und für nichts mehr kämpfen zu müssen meint!«

Anfangs hatte ich ihm recht gegeben. Als ich aber nach Mailand ging, ist mir klar geworden, dass es genau andersherum ist. Die junge Generation hat sehr wohl Lust zu kämpfen. Diese jungen Leute hier sind die Bestätigung.

Es sind Praktikanten, sie kämpfen nicht für einen besseren Lohn oder um die Verhältnisse in der Arbeitswelt zu verbessern; sie gehen »nur« auf die Straße, damit man sie wahrnimmt, damit sich in Zukunft etwas ändert. Denn was sie vor sich haben (was wir vor uns haben), lässt nicht den schwächsten Strahl von Hoffnung zu. Sie haben meine volle Zustimmung. Und sie hätten die Zustimmung von Onkel Giulio, wenn er jetzt hier wäre.

»Morgen, Daniele, bist du allein heute?«

»Gloria holt gerade Kaffee, und Stefania kommt nicht. Sie hat eine Mail geschickt, dass sie gar nicht in Mailand ist, sondern mit Mark irgendwo einen Termin hat. Ich glaube, sie sind in Rom, bei diesem Meeting mit den Ostleuten.«

»Hast du den Tumult da unten gesehen?«, frage ich Daniele, weil ich gerne wüsste, was er vom Streik der Praktikanten hält.

»Nicht nur da unten, sondern auch hier bei MRW. In der kaufmännischen Abteilung sind halb so viele Leute wie sonst, in der PR sind nur der Abteilungsleiter und der Kontakter. Fast alle PR- und Presseleute sind Praktikanten«, erklärt uns Gloria, die soeben zurückkommt und ihren Kaffee schlürft. »Bei uns fehlen Marcello und Kim. Den Umbruch für unsere Präsentation können wir also heute vergessen.«

Marcello ist der Ersatz für Paolo, und Kim ist eine sonderbare Japanerin, die ihn unterstützen soll. Beide machen ein Praktikum hier – seit fünf Monaten. Marcello wird, so viel steht schon fest, nicht übernommen, während Kim bestenfalls einen befristeten Vertrag für weitere sechs Monate bekommt.

»Die Sache mit den Praktikanten muss ein Ende haben. Man kann nicht Leute nehmen, die von Tuten und Blasen keine Ahnung haben, sie sechs Monate lang wie eine Zitrone auspressen und dann wieder nach Hause schicken, um sich den nächsten zu suchen. Die jungen Leute müssen etwas lernen in diesem Job«, erregt sich Gloria.

»Aber so läuft das halt mit den Praktika, und zwar überall! Sechs Monate gratis, und wenn du dir die Hacken abrennst, darfst du für 300, 400 Euro weitere sechs Monate bleiben. Das kannst du dir dann irgendwohin stecken. Auf diese Weise beschäftigt dich das Unternehmen fast für lau, lässt dich wie einen fest Angestellten arbeiten und ersetzt dich schließlich durch den Erstbesten, der gerade daherkommt …«, ereifert sich jetzt auch Daniele, der von seiner eigenen Zukunft zu reden scheint. »Ich habe drei Praktika gemacht, zwei Mal ohne Bezahlung und vielen Dank und auf Wiedersehen, und dann eines für ein ganzes Jahr, bei dem sie mir erst gar nichts gezahlt haben und irgendwann dann so viel, ›dass Sie sich die Straßenbahn und ein belegtes Brötchen leisten können‹. Tja, gegen Ende des Jahres, als das Praktikum fast zu Ende war, bin ich zum Chef gegangen, und der hat gesagt, dass er sehr zufrieden mit mir sei und dass ich unbedingt bleiben müsse, wenn es nach ihm gehe. Drei Tage später hat er mich noch einmal zu sich gerufen und erklärt, dass es ihm außerordentlich leidtue, die Firma habe entschieden, statt mir und meiner drei Mitpraktikanten … vier neue Praktikanten einzustellen! Seht ihr, wie der Hase läuft?«

Wie ein Horrorfilm, aber wer heutzutage die Universität verlässt, weiß, dass das die Realität ist. Die nackte Realität. Das Praktikum wird dir angepriesen als die Chance deines Lebens (»dein erster Kontakt zur Arbeitswelt«), dann aber stellst du fest, dass niemand dir irgendetwas beibringen will, möglicherweise nicht einmal kann, und alle dich wie einen gestandenen Mitarbeiter behandeln. Außer dass du keinen Cent bekommst und am Ende des Praktikums unter viel Händeschütteln und Schulterklopfen zur Tür hinauskomplimentiert wirst: »Hochachtung, Sie waren ein großartiger Mitarbeiter. Wir waren sehr zufrieden mit Ihrer Leistung!« Die Stelle aber geben sie dir nicht, aus welchen Gründen auch immer. Und wenn du sie bekommst, kann man nur sagen, herzliches Beileid, denn sie ist befristet.

Alle Stellen sind befristet, immer nur befristet.

Keinerlei Garantien, nur Psychoterror, Erpressung, Bedrohung. Zeitverträge, die dich direkt aufs Abstellgleis befördern oder die im besten Fall in andere Zeitverträge übergehen. Weder Zukunft noch Gegenwart lassen sich planen.

Das ist nicht befristete Arbeit, sondern befristetes Sein. Ein Damoklesschwert, das ständig über deinem Kopf, deinem Ehrgeiz, deinen Plänen baumelt.

»Das alles ist nicht nur für die Praktikanten ein Problem, sondern auch für uns. Denkt nur mal an die Alterssicherung. Glaubt ihr, der Staat wird uns je etwas geben?«, fängt Daniele wieder an.

»Du musst einen privaten Rentenvertrag abschließen, es gibt doch so viele Zusatzversicherungen«, erklärt Gloria. »Ich zahle im Rahmen von *Valore al Futuro* 200 Euro im Monat ein und bekomme in fünfunddreißig Jahren monatlich 640 Euro ausgezahlt. Klar, das ist nicht die Welt, aber wenn ich noch einen dieser Sonderkredite für junge Leute aufnehme und mir eine Wohnung kaufe, kann ich doch einigermaßen ruhig sein. Ich kann es mir dann später zumindest mal warm machen und einen Teller Suppe kochen.«

»Ist allerdings auch eine Frage von Haben und Nichthaben, die 200 im Monat für eine private Rentenversicherung«, werfe ich sarkastisch ein.

Die soundsovielte Diskussion zu diesem Thema nimmt jetzt wie gehabt eine Wende zum allgemeinen Pessimismus. Gott sei Dank beschert mir eine SMS bessere Laune: *habe mit enel telefoniert, die erstatten den erhöhten betrag wegen gasleck! die rechnung zahlt bis dahin erst mal teo. er und ale haben sich ausgesöhnt! alles liebe, ross.*

Umso besser, das Problem Gasrechnung ist gelöst! Wenn Matteo die Rechnung erst mal bezahlt und er und Alessio sich vertragen haben, wird man daheim auch wieder atmen können. Seit Samstag ist die Luft zum Schneiden.

Ich nutze den etwas bescheidenen Vormittag, um mich kurz bei meiner Mutter zu melden. Wenn ich sie während der Bürostunden anrufe, rechnet sie nicht damit und ist entsprechend hocherfreut. Sie erzählt mir, dass beim jährlichen Gesundheitscheck alles in Ordnung war und dass sich hinter den Leberschmerzen, die meinen Vater seit einiger Zeit plagen, nichts Schlimmes verbirgt. Und wie immer verabschiedet sie sich, nachdem sie mir das Versprechen abgenommen hat, öfter zu Hause vorbeizuschauen.

Um meine Lustlosigkeit zu überwinden, frage ich auch noch meine Mails ab. Posteingang: eine ungelesene Nachricht.

Ciao, mein Schatz. Entschuldige noch mal für das letzte Wochenende, aber es war alles total chaotisch. Ich musste Arbeit mit nach Hause nehmen, dann war da noch das Geburtstagsfest von Laura, und Du weißt ja, wie das ist, ein ganzer Tag auf der Suche nach einem neuen Kleid für sie, dann die Party in der Villa ihrer Eltern mit allem drum und dran. Eine einzige Strapaze, Du machst Dir gar keine Vorstellung! Aber ich würde Dich wahnsinnig gerne sehen: Ich ruf Dich morgen an oder so, ein Riesenkuss.

Ely

Ely, immer wieder Ely.

Soll sie doch im Nichts verschwinden. Ich habe begonnen, alle Dateien, die mit ihr zu tun haben, zu löschen, aber sie taucht regelmäßig aus dem Nichts wieder auf, bevor ich auch nur den Papierkorb geleert habe. So führt sie mich an der Nase herum. Und spielt mit großer Begeisterung ihre Spielchen mit mir.

Mein Gesicht muss sich schlagartig verdüstert haben, denn Daniele (in der Zwischenzeit sind wir beide allein im Büro zurückgeblieben) sieht mich fragend an.

»Eleonora?«, sagt er leise.

Alle wissen es mittlerweile, sogar hier im Büro. Wenn irgendetwas nicht läuft, hat es immer auch mit ihr zu tun. Außerdem hat Daniele sie mal auf einer Party kennengelernt.

»Ja, ich weiß einfach nicht, was ich tun soll. Manchmal will ich Schluss machen, schaffe es aber nicht, und dann taucht sie wieder auf, als wäre nichts gewesen …«

»Na ja, für sie *ist* vermutlich auch nichts gewesen. Du darfst nicht ihr die Schuld geben, wenn *du* dir etwas anderes unter eurer Beziehung vorstellst. Wenn dir das Ganze nicht passt, musst du sie vor die Wahl stellen. Aber die Entscheidung muss endgültig sein.«

»Schau an, ich wusste doch, dass du mich nicht leiden kannst!«, erkläre ich wie ein trotziges Kind und haue mit den Fäusten auf den Tisch und stampfe mit den Füßen auf.

Wir brechen in schallendes Gelächter aus, wie man es in diesem Büro nur selten hört.

Er hat recht. Er hat verdammt noch mal recht.

»So, und nun hör auf zu grübeln ... Da sind wir schon mal alleine hier und können uns die Zeit mit Nichtstun vertreiben, und du willst mir die Laune mit dieser Trauermiene vermiesen?«

»Okay, du hast gewonnen! Ich erzähle dir jetzt sofort sämtliche Gags aus der letzten Folge von *Zelig* ...«

»Na, dann doch besser die Trauermiene!«, fährt er schnell dazwischen. »Gib mir lieber einen Rat, du Blödmann. Ich muss mich mit einem Typen treffen, den ich in der Disco kennengelernt habe und der unbedingt mit mir essen gehen will. Aber da ich die Rechnung übernehmen soll – der Typ ist zweiundzwanzig und studiert noch –, macht mich das schier wahnsinnig. Wenn du in Mailand für zwei Leute zahlst, riskierst du doch den Bankrott.«

»Interessantes Problem«, bemerke ich bedeutungsvoll und trete innerlich den Rückzug an.

»Ist dir so etwas noch nie passiert?«

»Hör mal, Eleonora will ständig mit mir essen gehen und versteht nicht ansatzweise, dass 60, 70 Euro mein Budget sprengen. Selbst wenn wir teilen, könnte man in Mailand von den 30 Euro die Einkäufe für eine ganze Woche bestreiten. Weißt du, was du am besten tust? Lade ihn mittags ein. Erkläre ihm, dass du abends immer so viel arbeiten musst und besser am Mittag kannst. Vielleicht an einem Samstag, dann sitzt euch die Zeit nicht im Nacken …«

Ich habe meinen Satz noch nicht zu Ende gesprochen, da springt Daniele schon auf und wirft sich in Pose: »Du bist ein Genie, Claudio, ein wahres Genie!«

Was soll man dazu sagen – von ihm bekomme ich mehr Komplimente als von Eleonora.

13

Happy Hour

Alles hätte ich erwartet, aber nicht, dass Stefania mich zu einem Drink einlädt. Und das auch noch alleine.

»Hast du Lust auf einen Drink heute Abend?«, hatte sie mich mit provozierender Selbstverständlichkeit gefragt, als ich gerade am Kopierer stand und das gesamte Material unserer Marketingkampagne für Ka-Ty vervielfältigen wollte. »Ich zahle, keine Sorge.«

Eine wichtige Präzisierung. Eine entscheidende sogar, würde ich sagen. Ohne sie hätte ich mich vermutlich nicht überwinden können, in Stefanias Begleitung 8, 10, 12 Euro für einen gepanschten Cocktail und drei Oliven auszugeben.

»Ach so, und bevor du jetzt auf dumme Gedanken kommst: Ich habe auch Mark und Gloria gefragt, aber die hatten schon etwas vor.«

Noch eine wichtige Präzisierung.

Ich hätte mir natürlich eine Ausrede einfallen lassen können, um mich vor dieser Sache zu drücken, aber der Vorschlag war so überraschend gekommen, dass die Neugierde auf Stefanias Hintergedanken einfach größer war. Jetzt, da ich sie dem Kellner vertraulich zublinzeln sehe, scheine ich eine ganz andere Stefania vor mir zu haben als den brutalen Menschenfresser, der mir seit Monaten bei jeder Gelegenheit Knüppel zwischen die Beine schmeißt. Vielleicht bin ich von der Atmosphäre hier geblendet oder spüre unbewusst, dass sie einen ersten Schritt in meine Richtung getan hat, damit ich meine Feindseligkeit überwinde. Keine Ahnung. Jedenfalls bereue ich es in diesem Moment fast (oder ahne es zumindest), dass ich sie in den letzten Monaten zu streng beurteilt habe.

»Es ist nett hier, nicht wahr? Hat was von *ethnolounge!* Bist du zum ersten Mal hier?«, fragt sie mich mit der Liebenswürdigkeit von jemandem, der sich dem Gast des Hauses gegenüber verpflichtet fühlt.

»Was? Ach so, klar. Wirklich nett ...«, antworte ich und schaue mich um, weil ich ihre Erwartungen nicht gleich von Beginn an enttäuschen will. In Wirklichkeit kann nur ein Detail meine Aufmerksamkeit fesseln: das magere Angebot an Speisen und Snacks auf dem Tresen, eine Schüssel Püree, eine mit Reissalat, eine Auflaufform mit Kraut und Würstchen, eine Platte mit verschiedenen Gemüsen (roh), ein Korb mit Chips und Crostini. Dabei kaue ich noch an dem Wort *ethnolounge* herum, diesem geschmacklosen Etikett einer lebenslustigen Aristokratie für dieses Ambiente aus Holz, Bambus und Getöpfertem, aus Korbstühlen, handbemalten Juteservietten und Entspannungsgedudel, das überall aus winzigen Lautsprechern wabert.

»Ich gehe oft hierher, wenn ich aus dem Büro komme. Mit dem Besitzer war ich mal verlobt, musst du wissen. Daher fühle ich mich immer ein bisschen wie zu Hause.«

Das glaube ich gerne. Um ehrlich zu sein, halte ich ein solches Ambiente für ihre natürliche Umgebung, versnobt, gekünstelt und exklusiv, wie es sich für einen jeden wahren Mailänder gehört.

»Gehst du nie zur Happy Hour nach der Arbeit?«, fragt sie mich, als wäre das die wichtigste Information, um mich besser kennenzulernen.

»Ich, äh ... ja schon, manchmal. Meistens gehe ich in eine kleine Bar bei mir um die Ecke. Da kostet ein Bier 4 Euro, und es gibt jede Menge zu essen. Sie schmeißen dir die Reste vom Tag praktisch hinterher ...«, lasse ich mit einem leicht ironischen Unterton fallen und hoffe, ihr klargemacht zu haben, dass ich vor Hunger sterbe, aber auch das Leben zu genießen weiß.

Es bleibt unklar, ob sie das kapiert hat, denn als Stefania mit einem leicht mitleidigen Lächeln antworten will, kommt die Bedienung und unterbricht uns mit dem obligatorischen »Was darf es denn sein?«

Ich entscheide mich für einen Mojito, schlicht und ergreifend. Stefania dagegen bestellt »einen Martini-Cocktail, so trocken wie möglich, bitte sehr«, und das in ihrem üblichen, schlicht und ergreifend idiotischen Umgangston. Dann steht sie auf und zieht die Kellnerin zur Theke, um ein paar Häppchen auszuwählen. Ich sehe, wie sie dem Kassierer einen Zwanzigeuroschein gibt (und nichts zurückbekommt) und starre ihr blödsinnig nach, als sie hinter der Tür zur Toilette verschwindet.

»Es wird sich schon zeigen, dass sie mich bitten wird, sie nach Hause zu begleiten, und dass sie alles daran setzen wird, mich ins Bett zu kriegen«, fantasiere ich mir zusammen, um die Puzzlestückchen ihrer plötzlichen Liebenswürdigkeit zu einem Bild zusammenzusetzen.

Ich werde abgelenkt durch das penetrante Geschrei

einer Gruppe junger Leute, die sich auf ein u-förmiges Sofa hinter mir lümmeln. Um nicht allzu neugierig zu erscheinen und mich nicht ungeniert umzudrehen und sie mit dem Kameraauge zu taxieren, spitze ich nur die Ohren und versuche herauszufinden, worüber sie reden. Die wiederholte Frage »Und du, was machst du so Schönes?« lässt mich vermuten, dass es sich um ehemalige Klassenkameraden handelt, die sich lange nicht gesehen haben. Das macht mich noch neugieriger. Ich liebe solche *events,* solche »Klassentreffen«.

»So Schönes?«, fragt eine weibliche Stimme trocken zurück. Sie hat einen angenehmen Klang. »Ich arbeite als Verkäuferin in einem Bekleidungsgeschäft im Zentrum. Tag für Tag dieselbe öde Tätigkeit, Samstag und Sonntag inklusive. Und wenn es auf die Feiertage zugeht, dürfen wir Sonderschichten fahren, das könnt ihr euch gar nicht vorstellen!«

»Bezahlen sie dich wenigstens gut?«, mischt sich eine männliche Stimme ein, eine monotone und vollkommen farblose Stimme.

»975 im Monat, 8 Euro für eine Überstunde ... Das Problem ist, dass ich noch nichts Besseres gefunden habe. Und du?«

»Ich habe soeben einen Projektvertrag bei einem Privatsender bekommen. Gerade vor zehn Tagen habe ich unterschrieben, nach sechs Monaten Praktikum«, erzählt eine dritte Stimme, auch ein Mann, der jetzt in Fahrt kommt. »Wenn alles gut läuft, geht in drei Wochen mein erstes Projekt auf Sendung.«

»Was heißt, dein erstes Projekt?«, fragt die weibliche Stimme mit den 975 im Monat.

»Na ja, ich bin der Autor. Das ist eine ziemliche Verantwortung, aber als sie mir die Geschichte angeboten haben, gab es für mich nichts zu überlegen. Bevor ich es also vergesse: Alle Mann vor den Fernseher, klar?«

»Dann bist du ja ein echter VIP! Darf ich Sie um ein Autogramm bitten?«, mischt sich eine vierte Stimme ein, weiblicher und höher als die der ersten Frau, fast wie ein Teenager.

»Ein VIP wohl kaum. Ich bekomme 1500 Euro brutto im Monat und schufte von neun Uhr morgens bis elf Uhr nachts, und das praktisch jeden Tag. Glaubt bloß nicht, dass man Millionen verdient, nur weil man beim Fernsehen ist …«, antwortet die männliche Stimme mit einem plötzlich verärgerten Unterton.

»Mein Freund verdient weniger als du«, setzt die Teenagerstimme nach, sie klingt ein wenig leidend. »Er arbeitet in der Pressestelle eines Computergiganten. Wenn er das irgendwo erzählt, verziehen alle bewundernd das Gesicht, als wäre das wer weiß was. Tatsächlich hat er auch einen hoch verantwortlichen Job, er reist viel, hat jede Woche Videokonferenzen mit Leuten aus den USA … Und am Ende bekommt er weniger heraus als ein Klempner oder ein Anstreicher: 1200 Euro vielleicht.«

»Was wollt ihr machen? So ist das eben. Die niedrigen Gehälter wurden einander angeglichen, damit die anderen richtig steigen können. Ihr findet es vermutlich richtig, dass ich als Tontechniker bei einem staatlichen Sender 1050 Euro verdiene, während mein Vorgesetzter, der mehr oder weniger genauso viel arbeitet wie ich, ungefähr 7000 einsteckt«, platzt eine männliche Stimme mit schrillem toskanischen Akzent heraus. »Und immer mal wieder reiben sie mir mein Gehalt unter die Nase, als müsste ich ihnen die Füße küssen, weil sie mich von der Straße geholt haben … Ich kann es kaum erwarten, die alle nicht mehr sehen zu müssen, verflucht noch mal.«

Meine kleine Lauschaktion wird von Stefanias Rückkehr unterbrochen.

»Sorry, dass ich dich hier habe sitzen lassen, aber da hinten war mein Ex und hat ohne Ende auf mich eingeredet. Irgendwann konnte ich nicht mehr anders, als ihm zu erklären, dass du mein Verlobter bist, sonst wäre ich ihn nie losgeworden und würde immer noch da rumhängen … Aber hol dir ruhig etwas zu essen, ich übernehme die Rechnung.«

Ich weiß nicht, ob ich mehr darüber verärgert bin, dass ich das Gespräch hinter mir nicht mehr weiterverfolgen kann oder dass ich jetzt bei Stefanias Ex als ihr neuer Verlobter gelte.

Langsam beginne ich, den Braten zu riechen, und um mich vor übereilten Reaktionen zu bewahren, folge ich ihrem Rat und hole mir etwas zu essen.

Als ich zurückkehre, kann ich endlich einen Blick auf die Typen auf dem Sofa werfen. Sie sind merkwürdig still geworden, ein sonderbares Bild. Ich sehe ein Foto aus einem Stummfilm vor mir und kann keine der Stimmen von vorher ihrem Besitzer zuordnen. Kein Teenager, kein Angeber in überdrehter Laune, kein Gesicht, das zum schrillen toskanischen Akzent passen würde, kein Mädel, das in aller Ausführlichkeit Details aus ihrem Arbeitsleben auspackt. Nur eine Dunkelhaarige sitzt da, die direkt einem *Emily-la-Stramba*-Comic entsprungen zu sein scheint, und ein Baum von einem Mann mit Jackett, Krawatte und gegelten Haaren mit Seitenscheitel. Dann ein Bär mit Geheimratsecken und Kinnbart und Haaren, die ihm aus dem Kragen quellen. Weiterhin eine Doppelgängerin von Stefania, vom Scheitel bis zur Sohle ganz Supermodel und Markenfetischistin, und schließlich ein Rastamann mit kilometerlangen Dreadlocks, das Gesicht wie das von Bob Marley, die Jacke im Militarylook und dazu fingerlose Lederhandschuhe. Wenn ich an ihr Gespräch denke, spüre ich eine seltsame Entfremdung. Nicht nur, weil ich nicht weiß, zu wem welche Stimme gehört, sondern auch, weil es nicht in meinen Kopf will, was für eine hoch entwickelte Gesellschaft des dritten Millenniums das ist, die ihre 25- bis 35-Jährigen (mich eingeschlossen) mit nicht mal 1000 Euro im Monat abspeist, obwohl sie durchaus verantwortliche und angesehene Arbeit leisten.

»Was ist denn los? Hast du da hinten ein Gespenst entdeckt?«, fragt Stefania und holt mich auf den Boden der Tatsachen zurück.

»Nein, nein, entschuldige, da ist kein Gespenst. Ich bin nur ein bisschen müde.«

»Kann ich verstehen. Du plagst dich schließlich seit sechs Monaten mit dieser Marketingkampagne rum.«

Wie Stefania das sagt, hat es fast etwas Tröstliches, Komplizenhaftes. So habe ich sie noch nie erlebt.

Wenn sie das alles nur macht, weil sie auf eine schnelle Nummer aus ist, verstehe ich nicht, warum sie so um den heißen Brei herumredet. Wenn sie nach all dem Rumgehacke der letzten Monate nun meint, sich entschuldigen zu müssen … gilt dasselbe: Warum redet sie dann um den heißen Brei herum?

»Hör mal, Claudio, *und das bleibt jetzt alles unter uns,*

glaubst du, dass Ka-Ty der überwältigende Erfolg wird, wie Mark sich das so vorstellt?«

Was soll ich dazu sagen? Ka-Ty ist mein Baby, ich habe es auf die Welt kommen sehen, und ich bin für seine Entwicklung verantwortlich. Keine Ahnung, ob Bedarf besteht an Handyschalen aus einem Gummi, das je nach Temperatur die Farbe verändert (Ka-Ty ist nichts anderes als die Abkürzung für *kaleidoscope tyre,* und ob die Fünfzehnjährigen, auf die wir es abgesehen haben, das kapieren, ist eigentlich egal. Das erste Gebot bei MRW lautet: »Marketing ist Business, und die Sprache des Business ist Englisch«). Ob sechs Monate Plackerei durch einen sensationellen Erfolg gekrönt werden, wer weiß das schon? *Mein* erstes Gebot lautet: »Wenn deine Arbeit dem Chef gefällt, bist du fein raus.« Und Mark gefällt, was ich mache.

Fall abgeschlossen. Weiter im Text.

»Na ja, ich meine, heute ist der Markt für Handyprodukte doch immer noch auf dem aufsteigenden Ast, als einer der wenigen. Und Ka-Ty erfüllt alle Bedürfnisse nach Innovation und Unterhaltung. Sagst du nicht immer: ›Ka-Ty ist Dynamik, Ka-Ty ist Vitalität‹?«, hake ich nach.

»Vergiss doch, was ich im Büro sage, für einen Moment … Die Arbeit ist das eine, aber die persönliche Meinung ist etwas ganz anderes.«

Warum geht sie so aus sich heraus? Will sie sich eine Blöße geben? Obwohl sie dann Gefahr läuft, dass ich mir das zunutze mache und den vergifteten Pfeil, den ich seit unserer ersten Begegnung im Anschlag habe, endgültig in ihrer Brust versenke? Warum ich, den sie doch nie leiden konnte, und nicht Daniele, der sich für den Fall der Fälle immer bei ihr eingeschleimt hat?

»Ich würde mir so etwas nie auf mein Handy ziehen …«, erkläre ich diplomatisch. »Aber ich gehöre auch nicht zur Zielgruppe von Ka-Ty. Alles in allem glaube ich, dass die Kids und die Jugend begeistert sein werden.«

»Abwarten«, sagt Stefania und beschließt damit die Diskussion.

Um dann hinzuzufügen: »Begleitest du mich ein Stück? Ich muss dir noch etwas sagen …«

14

Die Generation 1000 Euro

»Verdammt, Claudio, ich glaube es nicht. Ist das eine Schmonzette oder eine Soap Opera, oder was?«

Ich war mir sicher, dass Rossella so reagieren würde, Wort für Wort. Ich schwöre, ich hatte nicht den geringsten Zweifel.

Es ist nach zwei, draußen regnet es, und die Vorstadtstraßen versinken im Nebel, der nur manchmal von den Scheinwerfern der Autos Richtung Autobahn zerrissen wird.

Ich habe immer noch meine Jacke an, das Hemd ist halb offen, meine Haare stehen in alle Richtungen ab. Ich stütze die Ellbogen auf den Küchentisch und schaue Ross an, die mir gegenübersitzt. Träge rühren wir in unserem Tee herum.

»Erst kündigt sie, dann zerrt sie dich ins Bett, das ist ja das reinste absurde Theater.«

»Sprich leise. Du weißt doch, dass Alessio einen leichten Schlaf hat und sich furchtbar aufregt, wenn er geweckt wird.«

»Verdammt, Claudio, wie erklärst du dir das alles?«

»Wie erkläre ich mir *was?*«

»Spiel hier nicht den Ahnungslosen. Seit einem Jahr zieht Stefania dich wegen dieser Ka-Ty-Geschichte in den Dreck, und jetzt, da die Arbeit zu Ende ist, heimst sie nicht einmal die Lorbeeren ein, sondern macht sich mir nichts, dir nichts aus dem Staub … Und fickt dich! Du musst doch wohl zugeben, dass die nicht ganz normal ist.«

»Nein, das ist sie nicht, in der Tat. Was das Ficken angeht, ist sie wesentlich besser als jemand Normales …«, präzisiere ich im Tonfall von jemandem, der gerade den Sex für sich entdeckt hat. »Ansonsten ist die Geschichte ganz einfach, sie hat es mir erklärt. Vor zwei Wochen hat sie den Chef des größten amerikanischen Modeimperiums kennengelernt – das ist so einer, der seinen Kaffee mit einem Blankoscheck bezahlt. Natürlich hat er sie abgeschleppt, und natürlich hatte sie zehn Minuten später das Angebot, als Projektmanagerin nach New York zu gehen. Hätte sie das deiner Meinung nach ausschlagen sollen?«

»Blöde Nutte!«, erklärt Ross trocken und lächelt gequält.

Ich weiß genau, was sie jetzt denkt – *Also ist es wahr, dass man sich im Leben nach oben vögeln muss!* –, und so mische ich mich in ihre Gedanken ein und kläre sie auf: »Na ja, sie tut es nicht, weil sie eine Karrieristin ist, sondern weil es ihr Spaß macht, ganz einfach. Ein Manager oder ein Schlachter sind für sie dasselbe: Männer. Punkt. Sie braucht keinen Lebenslauf, um gewisse Bedürfnisse zu befriedigen.«

Nachdem ich den Satz beendet habe, konzentriere ich mich auf den Duft von meinem Tee, um den Abend noch einmal in Gedanken passieren zu lassen. Ross hat recht, das ist alles absurdes Theater.

»Und wie habt ihr euch voneinander verabschiedet?«

»Nicht besonders, mit einem Kuss. Kein Wort sonst ..., wir wussten gar nicht, was wir hätten sagen sollen. Ich habe mich mehr schlecht als recht wieder angezogen, habe sie angeschaut und bin nach Hause gegangen.«

»Na ja, vielleicht ist in der Agentur jetzt Land für dich in Sicht, wenn sie gekündigt hat.«

»Da wäre ich mir nicht so sicher. Mark hat noch nichts verlauten lassen, und nach dem Schlag ins Kontor, den ich mir nach Barcelona eingefangen habe, möchte ich jetzt nicht die Nervensäge spielen. Eines habe ich mittlerweile gelernt: Verantwortung, Hochachtung und Komplimente gehen nicht mit Beförderungen, Gehaltserhöhungen und greifbaren Gratifikationen einher.«

Ich trinke einen Schluck Tee. Mein Gerede hat unbeabsichtigt eine Wende ins Feierliche genommen, was allerdings nichts Neues ist.

»Als wir bei der Happy Hour waren, habe ich einer Gruppe von Leuten zugehört, die so etwa unser Alter hatten. Alle waren sie in unserer Situation, bekamen Hungerlöhne, die sie nur mit Müh und Not das Monatsende erreichen lassen, und hatten tolle Jobs ohne jede Perspektive. Und alle haben sich gewundert, dass sie in diesem Kreis nicht als Einzige Panik schieben. Sie haben gar keine Vorstellung davon, dass wir Millionen sind.«

»Warte mal, hm ...«, unterbricht mich Ross, als wäre ihr gerade etwas eingefallen. »Du redest und redest ... Warum schreibst du nicht einen Essay über dieses Thema, über unsere Generation? Die Generation der Tausendeuroverdiener, die ›Generation 1000 Euro‹?«

»Einen Essay? Um Himmels willen! Es gibt ganze Bibliotheken mit Wirtschaftslehrbüchern, voller Zahlen und Statistiken. Was glaubst du denn, wen das interessiert?«, frage ich und grinse, damit sie sich die Idee sofort aus dem Kopf schlägt. Und um zu beweisen, dass ich zwar belle, aber nicht beiße, nehme ich ihre Tasse und spüle sie ab.

»Okay, vielleicht hast du recht«, gibt sie zu, »aber irgendetwas muss man doch machen! Wie soll sich denn etwas ändern, wenn wir immer nur in unserem Kreis darüber sprechen.«

»Was wäre die Alternative?«

»Keine Ahnung. Eine landesweite Demonstration der Tausendeuroverdiener organisieren, vielleicht?«

»Na ja, ich bitte dich! Wie soll man das denn anstellen? Und willst du, dass sich irgendein Politiker an die Sache dranhängt und sie für seine Zwecke nutzt … Du hast doch selbst gesehen, was aus dem Streik der Praktikanten neulich geworden ist, oder?«

»Ja, schon. Okay, kein Essay, keine Demonstration … Schreib einen Roman.«

Alles klar. Das ist eine dieser Diskussionen zwischen Rossella und mir, die immer mit einem technischen K.o. enden. Entweder schaffe ich es, sie sofort und wirksam abzuschütteln, oder ich tue irgendwann exakt das, was sie will.

»Ross, einen *Roman?* Das Interessanteste, was ich bislang geschrieben habe, war meine Abschlussarbeit an der Uni. Außerdem könntest du den Roman ja wohl auch selber schreiben, wie wäre es denn damit?«

»Du kannst deine Gedanken besser sortieren, und du bist der Begabtere für solche Sachen. Komm schon, Claudio, zier dich nicht so. Ich habe es regelrecht vor Augen, wie irgendein Regisseur dein Buch liest und wir dank der Filmrechte Millionäre werden!«, steigert sich Rossella in ihre Fantasien hinein. Sie überzeugt mich zwar nicht, aber es hat Unterhaltungswert. Es ist fast drei Uhr nachts, und sie leidet vermutlich unter Koffeinmangel.

»Ross, ich sage ja nicht, dass die Idee nicht interessant ist. Aber ich wüsste nicht einmal, wie ich anfangen soll.«

Ich beende den Satz und beiße mir sofort auf die Zunge. Nie hätte ich von »anfangen« reden dürfen, was für ein Eigentor. Sie wird mir den Anfang schon liefern, und dann habe ich nicht mehr die geringste Ausrede, warum ich ihren Vorschlag nicht weiterverfolgen sollte.

»Du musst dir doch nicht einmal etwas ausdenken«, drängt sie mich. »Du hast selbst gesagt, dass wir alle unter denselben Bedingungen leiden. Also musst du nichts tun als dich hinsetzen und festhalten, was wir so jeden Tag erleben. Du klemmst dich hinter den PC, und dann heißt es schreiben, schreiben, schreiben, bis der Vorrat erschöpft ist.«

Rossellas Aufregung überträgt sich langsam auf mich. Ich spüre, dass sie mich binnen fünf Minuten auf der Matte haben wird.

»Beginne einfach irgendwo. Was weiß ich, mit dem Tag zum Beispiel, an dem du bei MRW angefangen hast. *Hoffnungsvolles Nachwuchstalent aus der Emilia Romagna im harten Überlebenskampf bei einem Global Player. Traum und Wirklichkeit.* Ist das nicht perfekt?«

»Nein, das ist ein blöder Mist. Verdammt, Ross, das klingt mir alles zu sehr nach Schülerzeitung. Und das liegt auch schon eine ganze Weile zurück.«

»Also etwas anderes, Aktuelleres. Nämlich?«

Pause. Die grauen Zellen arbeiten.

»Was Aktuelleres? Keine Ahnung. Warum gehen wir nicht schlafen und denken morgen darüber nach? Wäre das nicht besser?«, frage ich in der Hoffnung, dass die Nacht sie wieder zur Vernunft bringt und ihr diese verrückten Ideen austreibt.

»Du kannst mich nicht täuschen, Cla, ich weiß, worauf du spekulierst. Du hoffst, dass ich die Sache morgen vergessen habe. Keine Chance!«

»Eins zu null für dich. Okay, ich verspreche dir also, dass wir morgen weiterreden, aber jetzt breche ich vor Müdigkeit zusammen.«

»Lass dir etwas Aktuelles einfallen, mit dem du den Roman beginnst, und du kannst innerhalb von dreißig Sekunden unter deiner Bettdecke liegen …«, spielt sie die Domina. Als wäre Stefania für heute nicht genug gewesen.

»Ach, was weiß ich, zum Teufel. Das Gespräch mit Mark, das Theater mit der Gasrechnung, die Deadline für Ka-Ty, die Barcelonareise … Ich will ins Bett!«, rattere ich mechanisch und ohne Emphase herunter.

Weitere Denkpause.

Das Licht in Alessios Zimmer geht an, und prompt folgt ein: »Könnt ihr nicht mal aufhören, bitte?«

Ich gebe ihr ein Zeichen, dass sie gar nicht antworten soll, und ziehe mich in Richtung meines Zimmers zurück.

»Die Barcelonareise, aber klar. Das ist perfekt …«, flüstert sie mir begeistert zu, um weiteren Lärm zu vermeiden. »Immerhin siehst du seither alles in einem neuen Licht, als könnte sich dein Leben von einem Moment auf den anderen ändern … Ist es nicht so?«

Ja, so ist es.

»Kannst du dich erinnern, was du an jenem Morgen als Allererstes gedacht hast?«

Mal schauen, ob ich mich erinnere, nachts um halb vier, Mannomann.

Oje … Ich erinnere mich tatsächlich. Ich erinnere mich sogar sehr gut. Nie werde ich vergessen, wie der Tag, an dem ich nach Barcelona geschickt wurde, angefangen hat.

Das erste Wort, das mir damals in den Sinn kam, war: »Scheiße!«

Scheiße!

Das ist das erste Wort, das mir heute Morgen in den Sinn kommt. Nicht nur, weil mein Mund immer noch pelzig ist von Alkohol und Zigaretten, sondern weil ich das Licht durch die Jalousien fallen sehe, weil es sich im Spiegel und an den Wänden reflektiert und somit klar ist: Ich habe den Wecker nicht gehört. Die Verspätung muss gigantisch sein.

Ich lange hinüber zur Kommode und taste nervös nach dem Handy. Da ist es. Ich wage kaum, aufs Display zu schauen: 09.48.

Noch mal Scheiße!

Drei, zwei, eins …